RÉFUTATION

DE

LA DENONCIATION

AU ROI.

RÉFUTATION

DE

LA DÉNONCIATION

AU ROI,

DE M. MÉHÉE DE LA TOUCHE;

PAR

UN BARON SANS BARONIE ET NON SANS ÉPÉE.

.... L'esclave est celui,
Qui se choisit un maître insensé comme lui :
C'est celui qui, bravant le pouvoir légitime,
S'est fait, comme Satan, un instrument du crime.
MILTON, *Parad. perdu*, *liv. VI*, *trad. de*
Delille.

PARIS,

IMPRIMERIE DE Mme VEUVE MIGNERET,

RUE DU DRAGON, F. S. G., N.º 20.

~~~~~~~~

1814.
~~~~~~~~

RÉFUTATION

DE

LA DÉNONCIATION

AU ROI.

La vérité et M. Méhée sont deux choses bien distinctes; mais l'une et l'autre peuvent dire au Monarque des Français ce que celui des Juifs disait au Roi des Rois :

« *Vous ne m'avez point enfermé dans les*
» *liens de l'ennemi; vous avez ouvert un*
» *chemin libre à mes pas* (1). »

Si les journaux français n'eussent point fixé l'attention du public sur les misérables trente-deux pages d'impression de l'homme que j'ai nommé, ô très-certainement notre plume ne fût jamais descendue aussi bas.... Le mot n'est pas trop fort, parce qu'il ne peut rien y avoir de plus vil que la démence volontaire.

Un grand homme (le chancelier Le Tellier),

____

(1) Ps. III.ᵉ, *trad. de La Harpe.*

« à sa soixante-quatorzième année, ayant conservé assez de vigueur d'esprit, pour redouter, au-delà de toute expression, tout ce qui étoit du domaine de la folie ou de l'erreur, avoit la sagesse de recommander souvent à sa famille et à ses amis de l'avertir, *dès qu'on apercevroit en lui le moindre affoiblissement de tête, pour que ses infirmités naturelles ne devinssent pas préjudiciables au public.* »

Que de gens, que d'écrivains qui devroient mettre en usage cet acte de discernement, de délicatesse et de loyauté !

Mais, sans tarder davantage, abordons cette fameuse dénonciation au Roi de M. Méhée, où l'impudence tient lieu de franchise, l'ironie de courage, la folie de raison, l'erreur de vérité.

Lisons :

Nous ne dirons rien de l'avis qui est en tête, ni des lettres anonymes dont il parle en finissant, parce qu'il n'est personne qui ne demeure d'accord que le tout est une platitude.

Je trouve, et j'en conviens avec les lecteurs que lui a procurés le *Journal des Débats*, que tout ce qu'il y a de bien dans cette mauvaise et mince brochure, c'est le seul mot de SIRE, qui est à la tête de la première page. Le vrai respect ni le dévouement sincère ne l'eussent pas mieux placé.

Je ne prétends pas être l'avocat des ministres; j'ignore s'ils sont coupables, ni des courtisans, s'ils empêchent la vérité d'arriver jusqu'au Roi. Quant à moi, je ne reproche aux uns et aux autres que de ne pas répondre aux lettres qu'on leur écrit. Toute lettre veut une réponse.....

Si l'on a quelque chose à reprocher aux ministres, il faut le faire avec calme, sans aigreur, sans laisser percer l'esprit de parti, sans phrases, qui sont toujours si contraires aux têtes françaises qui ne s'en défient pas; et elles l'ont si fort été à notre patrie, que nous sommes bien autorisés à condamner, à haïr toutes celles qui sont dans la hardiesse de la licence et hors du respect dû au devoir.

Il est un zèle monstrueux, c'est celui qui provient de l'erreur, de l'égoïsme et de l'esprit de faction; tel est celui de M. Méhée de la Touche, décelé par ses insolentes et passionnées expressions, et par ce qu'ont dit de lui les journalistes qui nous paroissent le bien connoître, puisqu'ils lui citent des faits qui prouvent la vérité de nos paroles.

De tous les temps les factieux, par de fallacieuses démonstrations de patriotisme, par des discours spécieux avec perversité, ont cherché à entraîner l'esprit public dans l'intérêt de la cause qui les fait agir.

Mais le même peuple, dont on a si long-temps fait couler les larmes et le sang, est enfin parvenu à connoître ses vrais amis, et à savoir que ses intérêts les plus chers sont dans la soumission la plus parfaite. Non, non, la colère céleste ne s'enflammera pas de nouveau sur le même peuple, sur les mêmes têtes... Il a l'expérience, que lorsqu'il sort des bornes du devoir, il est toujours forcé d'y rentrer... Les flots tumultueux des mers, quand ils s'élancent au-delà des limites naturelles, comme pour effacer, renverser tout ce qui s'oppose à leur fureur, on les voit aussi bientôt contraints, par l'arbitre tout-puissant de la foudre et des tempêtes, à rentrer dans leur lit. Et comment y rentrent-ils? En emportant ce qui sembloit le plus leur déplaire devant eux. De même, les Français, animés par le feu, l'esprit, les propos des séditieux, se laissèrent tromper sur le compte de la noblesse, et le sang des nobles coula aussitôt, et les châteaux furent réduits en cendres, ou démolis; mais à peine la tourmente qui agitoit, brisoit le vaisseau de l'État a été calmée, que les flots de sang du même peuple ont ramené en France de nouveaux ducs, de nouveaux comtes, de nouveaux barons...

Non, Français, je ne crois pas que vous soyez encore tentés d'entamer de nouvelles révolutions, parce que vous avez oublié de faire duc M. Méhée de la Touche.

Oui, c'est aujourd'hui qu'on a une juste idée de la souveraineté ; le ciel, par des miracles incontestables, la fait jaillir visiblement, pour ainsi dire, du sein de la Divinité même. Oui, c'est au peuple à juger sa prétendue souveraineté, à juger s'il étoit possible d'être souverain, et de faire de sa souveraineté un aussi mauvais usage que celui qu'il a fait de la sienne. Il n'y aura jamais de révolution qui l'empêche d'être peuple.

Le monde est déja bien vieux, et s'il avoit été possible de renverser l'ordre établi par Dieu même, *le souverain innombrable* n'auroit pas attendu le dix-huitième siècle pour changer sa malheureuse condition.

Le peuple est une masse de force sans ame et sans tête, parce qu'il est composé de trop d'ames et trop de têtes, pour qu'elles n'agissent pas en sens inverse. Aussi je ne vois dans le peuple qu'un instrument extermina-

teur, quand il est dans les mains de l'ambition factieuse... La cause de ce mal, et de
tous ceux qui naissent de la discorde, c'est
qu'on substitue toujours l'intérêt particulier
à l'intérêt général.

Oui, c'est au peuple à juger qui de Robespierre ou de Louis XVI, étoit le plus digne
de sa confiance, de son estime, de sa soumission et de son amour... Je lui dirai la
même chose, en parlant des directeurs, des
consuls, du tyran Buonaparte et de Louis le
Desiré, dont les vertus et les vastes con-
noissances qui le distinguent, sont un sûr
garant du bonheur dont jouira un jour la
France, si les François secondent ses intentions paternelles.

Oui, c'est à vous, François, à juger de la
bonne-foi, de la franchise, du respect et du
patriotisme qui règnent dans la *Dénonciation au Roi :* il est difficile à tout serpent qui
cherche à se cacher sous des fleurs, de se
mouvoir, lors même qu'il y seroit parvenu,
sans se découvrir dans l'agitation de la mar-
che tortueuse qu'il décrit, et sans qu'aussitôt
qu'on l'aperçoit, on ne connoisse le venin
qui a fait sa réputation, en le rendant un
objet de haine et d'horreur.

Nous voici *à l'examen comparatif* que

fait M. Méhée, *des promesses royales et des actes ministériels.*

Nous en rapporterons les passages les plus marquans dans leur genre, et auxquels nous croyons devoir répondre par amour de la vérité, du devoir et de mon pays ; et non pas à cause de la consistance que ce Monsieur peut donner à de faux principes, à de malignes observations, ni à cause de la confiance qu'il peut attacher à ses raisonnemens, dont les moindres phrases sont révoltantes pour les Français jaloux de l'honneur national. Mais il importe à tout cultivateur de ne pas laisser empiéter l'ivraie sur le bon grain.

« Le premier aveu, dit-il, échappé à la
» véracité si respectable du descendant de
» Saint Louis, c'est qu'il a été rappelé sur
» le trône de ses ancêtres par *l'amour de ses*
» *peuples. . . . . par le choix libre de la Na-*
» *tion,* comme cela est en effet. »

Si ces expressions étoient sorties d'une plume qui n'eût pas cessé d'être dévouée à la plus juste des causes ; nous n'eussions pas remarqué ce qu'il veut que ses lecteurs observent et méditent quand il affecte de souligner ce qui ne demandoit pas à l'être. Qu'a donc voulu nous donner à entendre ce noble et judicieux Français ?

Je ne m'arrêterai pas à parler de son style, c'est la pensée, c'est le sentiment qu'il faut scruter, examiner avec attention et zèle pour la cause nationale : le style est pour l'oreille, la pensée pour le cœur. Ce n'est pas avec l'esprit d'un Zoïle que nous lui répondrons, mais si bien avec le cœur d'un royaliste et d'un Français qui n'a jamais cédé qu'au pur amour de la patrie dans tout le cours de sa vie. Aussi nous laisserons bien de choses au lecteur à juger, sans nous en occuper nous-mêmes.

Il est des sentimens qui n'ont pas besoin d'être entièrement exprimés, pour qu'on soit assuré de leur existence... La nature des circonstances, la position des personnes, leur caractère parlent assez haut, sans qu'il soit nécessaire des vaines démonstrations de la parole, sur-tout quand elles laissent tant à desirer, ou qu'elles fournissent tant de motifs de suspicion.

Les Français n'ont jamais eu raison de redouter le retour des Bourbons, parce que les Bourbons ne pouvoient point, en rentrant, ne pas apporter avec eux le cœur magnanime et bon qui les a toujours distingués. Ce n'étoit d'ailleurs que ceux qui s'étoient souillés des plus grands crimes qui pussent les voir toujours armés de vengeance. Pour ceux-là seulement, je conçois que l'approche du souverain légitime, devoit être un sujet de crainte et de terreur ; mais heureusement ce n'est qu'un petit nombre, car la grande majorité de la Nation n'a jamais eu que des raisons déterminantes pour souhaiter le retour de Louis XVIII, le plus clément des Rois. Il n'y a que des fautes nouvelles qui pourroient suspendre sa clémence ; plus son amour pour ses peuples est grand, plus la saine politique lui montreroit la fermeté et la sévérité comme les plus importans attributs de sa justice. Les sujets ne doivent rien tant redouter comme la foiblesse de ceux qui les gouvernent. Que l'on tienne muselé le cruel philosophisme, qu'aucun factieux ne respire dans la licence, qu'ils soient tous cachés dans les replis tortueux de leur cœur, et de nouvelles révolutions n'arroseront plus le sol chéri de ma patrie du sang de ses enfans, et les ateliers des arts et du commerce ne seront plus déserts ; l'agriculture ne sera plus en deuil, et la religion ne cessera plus de sourire à ses offrandes, de bénir ses promesses. Tous ensemble nous chanterons les vertus du Monarque paternel, tous ensemble nous rendrons des actions de graces à

Dieu pour nous l'avoir conservé, pour les bienfaits dont la paix est l'unique source ; et, c'est à la légitimité de ses droits, autant qu'à la judicieuse magnanimité des puissances étrangères, que nous la devons. Ah ! ce serait être bien aveugle, si on ne regardoit pas le trône *du Roi très-chrétien* comme l'écueil le plus inévitable pour tous les Titans de l'ambition et de la politique.

Quand l'épée de l'usurpateur, qui lui tenoit lieu de sceptre, planoit sur tant de contrées malheureuses, les chrétiens étoient dans les plus vives alarmes sur la religion, et les familles sur le sort de leurs enfans. Jamais peuple fût-il, comme les François, réduit à desirer des défaites, après avoir fait pourtant tous les sacrifices imaginables pour obtenir des victoires, pour assouvir la soif de sang humain qui tourmentoit sans cesse le moderne Attila ? Sans l'effet de ce desir, si peu naturel et si pénible dans son expression, il n'étoit pas permis du vivant, ou du règne du tyran le plus dévastateur qui ait existé, d'espérer du repos, de croire au retour de l'ordre et de la tranquillité. C'est si vrai, qu'il n'étoit personne qui ne fût convaincu en France, que tant que l'on seroit sous la dénomination de l'assassin de Frotté, de Pichegru, de l'infortuné duc d'Enghien, on seroit en guerre, tantôt avec une nation, tantôt avec l'autre, Des plats et vils adulateurs l'avoient si fort enivré de lui-même, avoient si fort usé les expressions les plus flatteuses dans les louanges les plus recherchées, les plus *gigantesques,* qu'il n'étoit pas difficile à juger, qu'il eût tout immolé sur l'autel homicide de son infâme égoïsme.

Dans un tel état de choses, dans une position si déplorable, que je n'esquisse même pas, car ce ne sont que quelques coups de pinceaux donnés çà et là, qui échappent, pour ainsi dire, à l'indignation qui m'anime, il est assurément bien démontré que la Nation *ne pouvoit que desirer le Roi* qu'elle aimoit, comme on aime le chef de la famille, le père tendre, quoique l'on soit brouillé avec lui..... Ainsi, il n'y a pas de doute, que les vœux de la Nation ne fussent pour voir finir ses longs malheurs, et que le temps, l'expérience l'ayant éclairée sur ses intérêts, elle ne desirât le retour du souverain qui devoit, seul, mettre fin au fléau exterminateur qui surchargeoit tout de crêpes funèbres.

C'est plus que le peuple, que les rois,

c'est Dieu même qui a élevé Louis-le-Desiré sur le trône de ses ancêtres. Non, je ne crains pas de trop avancer, en disant que jamais la Nation ne se fût sauvée de la tourmente révolutionnaire, si le ciel lui eût laissé l'entière liberté de se choisir un roi. Cela l'eût mise en guerre civile, et elle eût fini par faire dire, *là était la France....* Elle n'eût pas plus achevé son édifice monarchique, que les insensés de Babel n'atteignirent les cieux. Les peuples, ainsi que les particuliers, ne sont pas libres de ne pas payer leurs dettes, sans s'exposer à des châtimens humains et célestes.

Mais pourquoi faire moi-même d'autres réflexions, qui toutes sont superflues ponr toutes les têtes saines, exemptes de l'exécrable prévention des factieux, que la morale frappe de tous les anathêmes de la justice ; il vaut bien mieux citer *des passages victorieux* d'un livre bien digne de remarque, imprimé en 1797, qui fait autant d'honneur à l'esprit judicieux de son auteur, qu'à la justesse de l'esprit humain quand la vérité seule l'inspire. Les morceaux que nous allons mettre sous les yeux du lecteur, n'ont rien aux miens de surprenant, par la raison que je les ai toujours jugés comme extraits pour ainsi dire du cœur de l'homme, qui n'est jamais dans la main de Dieu, que ce que son impénétrable puissance consent qu'il soit. Aussi je dirai qu'il a agi en Dieu, en nous donnant l'usage des choses sans nous en donner la connoissance.

« En formant des hypothèses sur la contre-
» révolution, dit l'auteur des *Considérations*
» *sur la France*, on commet trop souvent la
» faute de raisonner, comme si cette contre-
» révolution devoit être et ne pouvoit être
» que le résultat d'une délibération popu-
» laire. *Le peuple craint*, dit-on ; *le peuple*
» *veut* ; *le peuple ne consentira jamais* ; *il*
» *ne convient pas au peuple*, etc..... Quelle
» pitié ! Le peuple n'est pour rien dans les
» révolutions, ou du moins il n'y entre que
» comme instrument passif. Quatre ou cinq
» personnes, peut - être, donneront un
» roi à la France. Des lettres de Paris an-
» nonceront aux provinces que la France a
» un roi, et les provinces crieront : *Vive le*
» *Roi !* A Paris même, tous les habitans,
» moins une vingtaine peut-être, appren-
» dront en s'éveillant qu'ils ont un roi. Est-
» il *possible*, s'écrieront-ils ? *Voilà qui est*
» *d'une singularité rare !* Qui sait par quelle
» porte il entrera ? Il seroit bon peut-être de

» louer des fenêtres d'avance, car on s'é-
» touffera. Le peuple, si la monarchie se
» rétablit, n'en décrétera pas plus le réta-
» blissement, qu'il n'en décréta la destruc-
» tion, ou l'établissement du gouvernement
» révolutionnaire.

» . . . . En politique, comme en mé-
» canique, les théories trompent, si l'on ne
» prend en considération les différentes qua-
» lités des matériaux qui forment les *machi-*
» *nes.* Au premier coup-d'œil, par exemple,
» cette proposition paroît vraie : le consente-
» ment préalable des François est nécessaire au
» rétablissement de la monarchie. Cependant,
» rien de plus faux. Sortons des théories, et
» représentons-nous des faits.

» Un courier arrive à Bordeaux, à Nantes,
» à Lyon, etc., apporte la nouvelle *que le*
» *roi est reconnu à Paris ; qu'une faction*
» *quelconque s'est emparée de l'autorité, et*
» *a déclaré qu'elle ne la possède qu'au*
» *nom du roi : qu'on a dépéché un courrier*
» *au souverain,* qui est attendu incessam-
» ment, et que de toutes parts on arbore la
» cocarde blanche. La renommée s'empare
» de ces nouvelles, et les charge de mille
» circonstances imposantes. Que fera-t-on ?
» Pour donner plus beau jeu à la république,

» je lui accorde la majorité , et même un
» corps de troupes républicaines. Ces troupes
» prendront peut-être , dans le premier mo-
» ment , une attitude mutine ; mais ce jour-
» là même elles voudront dîner, et commen-
» ceront à se détacher de la puissance qui
» ne paie plus. Chaque officier qui ne jouit
» d'aucune considération, *et qui le sent très-*
» *bien* , quoi qu'on en dise , voit claire-
» ment que le premier qui criera *vive le roi* ,
» sera un grand personnage : l'amour-propre
» lui dessine , d'un rayon séduisant , l'image
» d'un général des armées de sa majesté très-
» chrétienne, brillant de signes honorifiques,
» et regardant du haut de sa grandeur ces
» hommes qui le mandoient naguères à la
» barre de la municipalité. Ces idées sont si
» simples , si naturelles , qu'elles ne peuvent
» échapper à personne : chaque officier le
» sent ; d'où il suit qu'ils sont tous suspects,
» les uns par les autres. La crainte et la dé-
» fiance produisent la délibération et la froi-
» deur. Le soldat qui n'est pas électrisé par
» son officier, est encore plus découragé : le
» lien de la discipline reçoit ce coup inexpli-
» cable, ce coup magique qui le relâche su-
» bitement. L'un tourne les yeux vers le
» payeur royal qui s'avance ; l'autre profite

» de l'instant pour rejoindre sa famille : *on*
» *ne sait ni commander, ni obéir, il n'y a*
» *plus d'ensemble.*
» . . . . . . Le lendemain on reçoit l'avis
» qu'une telle ville de guerre a ouvert ses
» portes : raison de plus pour ne rien préci-
» piter. Bientôt on apprend que la nouvelle
» étoit fausse ; mais deux autres villes qui
» l'ont crue vraie, ont donné l'exemple en
» croyant le recevoir : elles viennent de se
» soumettre, et déterminent la première qui
» n'y songeoit pas. Le gouverneur de cette
» place a présenté au Roi les clefs de sa bonne
» ville de . . . . . . C'est le premier officier qui
» a eu l'honneur de le recevoir dans une ci-
» tadelle de son royaume. Le Roi l'a créé,
» sur la porte, Maréchal de France ; un bre-
» vet immortel a couvert son écusson de
» fleurs de lys sans nombre : son nom est à
» jamais le plus beau de la France, bientôt
» il devient irrésistible. *Vive le Roi !* s'é-
» crient l'amour et la fidélité, au comble de
» la joie. *Vive le Roi !* répond l'hypocrite
» républicain, au comble de la terreur. Qu'im-
» porte ? Il n'y a qu'un cri. . . . . et le Roi sera
» sacré. »

Lorsqu'on raisonne d'après la nature des
choses, d'après la nécessité, d'après l'empire

de la vérité, d'après l'ascendant du droit et de la justice et des idées révélées, on est presque toujours sûr de ne pas se tromper. De sorte que l'évènement vous donne l'air d'un prophète, quand dans le fait vous n'a-vez été pour ainsi dire qu'historien clair-voyant.

Si nous voulions faire mention de tout ce qui est digne d'éloges et de méditations dans l'ouvrage que nous venons de citer, il faudroit le rapporter en entier. Comme aussi, si on vouloit censurer tout ce qui est condamnable de celui du sieur Méhée, il faudroit presque s'arrêter à chaque ligne. Mais nous nous sommes aisément décidés à ne nous occu-per que des passages les plus étranges, où toutes ses idées les plus erronées se rat-tachent.

« *Nous répondrons*, dit-il, *que la recon-* » *noissance du prince pour son peuple ne* » *pouvoit pas être trop parfaitement ex-* » *primée.* »

Et nous, nous observerons que, jusqu'à ce moment-ci, Louis XVIII n'a respiré que pour son peuple, sur-tout pour ses sujets qui s'é-toient le plus fait une loi de l'ingratitude et de la révolte ; qu'il leur a sacrifié jusqu'aux douceurs de la reconnoissance, jusqu'à ce qu'il devoit et doit à ses sujets les plus dévoués, à ceux qui lui ont sacrifié, je ne dis pas leur fortune et *toute leur existence*, parce que cela va sans dire, mais même toutes les plus puissantes affections de l'ame.....

Sans craindre d'être contredit par la politique judicieuse et sage, nous avancerons avec toute la conviction de la réflexion et de la bonne-foi, que la France n'étoit nécessaire au bonheur du Roi, qu'autant qu'il avoit conservé pour ses sujets des sentimens paternels. Mais nous croyons, que de quelque parti que l'on soit, on sera contraint de reconnoître que le Roi étoit le seul qui pût mettre fin à nos maux.... Assurément, tous tant que nous sommes, nous devons lui savoir un gré infini de ce que, nonobstant les douleurs aiguës auxquelles il est sujet, il a eu assez de force d'ame pour affronter toutes les choses déchirantes qui se sont offertes à ses yeux en même temps que *la couronne d'épines*, que, depuis si long-temps, il a lui-même si bien peinte d'un seul mot ! Si la France est encore malheureuse, ne doit-elle pas s'écrier, en empruntant l'expression d'Ovide :

« Ah ! c'est de moi que vient tout le mal que j'endure ! »

« *Et nous répéterons*, dit M. Méhée, *que la*

» *vieille et triviale formule : Louis, par la*
» *grace de Dieu, est banale et superflue;...*
» *et que Dieu permet beaucoup de choses*
» *que le peuple n'eût pas choisies.* »

Je ne suis pas surpris que l'impie regarde les expressions qui élèvent et rallient nos idées et nos sentimens à la Divinité, comme *vieilles* et *triviales;* et qu'il ne voulût les voir bannir de notre Dictionnaire, ainsi que tant d'autres mots qu'on regarde comme vieux, à cause qu'il n'est rien de si rare, que les qualités estimables qu'ils expriment.

Il n'y a que l'athéisme qui puisse donner un sens à la critique de M. Méhée. Et quel sens, ô mes chers compatriotes, que celui qui nous dégrade pour jamais jusques dans le fond de nos cœurs, que celui qui glace et tue l'univers moral, que celui qui nous fait agir ainsi que la fange envenimée de la vipère et du tigre, que celui qui veut soumettre les anges et les saints, la vérité, la vertu, l'héroïsme, l'honneur, le devoir à l'empire futil et banal de la mode, aux influences trompeuses des circonstances et à l'affreuse nécessité d'un besoin politique des crimes... Ah! dans quel temps le bras de Dieu fut-il aussi à découvert qu'il l'a été dans tout le cours de la révolution? Dans quel temps vit-on des plus grands mi-

racles? Oui, Dieu même a marché à découvert, et des signes dans les cieux ont dévancé
notre plus beau moment de sa puissance...

« Auras-tu donc toujours des yeux pour ne point voir,
» Peuple ingrat? Quoi! toujours les plus grandes merveilles,
» Sans ébranler ton cœur, frapperont tes oreilles? »

Quoi! serons-nous toujours réduits à lut-
ter contre les démons qui arrachent des bras
consolateurs de la croix, le malheureux
peuple dont l'ami le plus vrai est Jésus-Christ?
Quoi! n'est-il pas coupable de donner à entendre que tout ne remonte pas à Dieu, que
tout ne vient pas de lui? Oui, c'est aussi ab-
surde que si on nioit que les couleurs et les
parfums des fleurs, les grains nutritifs des
blés, la saveur des fruits, ne fussent pas
des émanations du soleil, le mystère de son
influence sur la terre? Parce que cet astre de
lumière et de vie n'agit point à découvert, la
nature entière n'en est pas moins unie à ses
rayons qui ne cessent de l'animer.

La critique de M. Méhée est aussi dépla-
cée que celle de celui qui critiquoit ce beau
vers de M. Delille :

« *Les degrés de l'autel usés par la prière.* »

Est-ce que la prière, disoit-on, peut user
quelque chose?

Il n'est pas moins étrange de vouloir iso-
ler *la volonté de Dieu* de la cause du peuple ;
et la volonté du peuple, si le peuple peut en
avoir d'autre que celle des lois divines, *de la*
cause de Dieu. L'ellipse dont parle M. Méhée, est insignifiante, et l'espèce de jeu de
mots auquel il l'applique, ne nous empêchera pas de soutenir que lorsqu'on dit que
Louis XVIII *est Roi de France par la grace*
de Dieu, qu'on exprime tout ce qu'il est
sage et prudent d'exprimer.

Tous les raisonnemens des modernes dé-
clamateurs sur la Divinité sont aussi erro-
nés, aussi aisés à détruire, aussi faux, que
ceux du philosophe ancien qui nioit le mou-
vement ; car nous en savons autant que le
paysan qui le confondit en marchant devant
lui, quand nous leur disons : Écoutez votre
cœur... Ouvrez les yeux, et voyez...

« *Dieu a permis*, ajoute-t-il, *le règne des*
» *jacobins, pour me servir de l'expression de*
» *M. de Montesquiou, il a permis celui des*
» *comités, du gouvernement révolutionnai-*
» *re, du directoire, des consuls, d'un em-*
» *pereur.... Tout cela est arrivé par la grace*
» *de Dieu, et rien de tout cela par la vo-*
» *lonté libre des Français.* »

Oui, sans doute, Dieu a permis le règne

des méchans dans sa juste colère; et les démons alors ont été les ministres de ses vengeances. Sa grace s'est manifestée de la manière la plus éclatante dans le moment même où le désespoir et les chagrins présentoient aux Français leur sort, celui de la patrie, comme à son dernier terme d'humiliation et de malheur. Car c'est dans ce même instant que les Français ont été pénétrés de reconnoissance, qu'ils ont reconnu leurs erreurs, qu'ils n'ont plus eu d'incertitude sur leurs vrais amis, en voyant paroître Louis XVIII comme un ange consolateur, comme le médecin salutaire... Oui, oui, rien n'arrive par la volonté du peuple, que ce qui est réellement dans ses intérêts, par la raison que le peuple ne peut vouloir que cela. La violence, l'erreur, les passions, l'égarement, l'illusion, la crédulité, la haine, l'aveugle vengeance ne seront jamais les attributs de *la volonté-raison*. O quant à la *volonté-folie*, je l'abandonne à M. Méhée, qu'il la juge et en dispose à sa fantaisie, pourvu que ce ne soit pas au détriment du bon ordre que le Roi cherche à établir, et des vrais intérêts de la Nation. Aussi, on ne sauroit trop répéter tout ce qui est fait pour empêcher le peuple de se mettre dans la tête les idées des novateurs; on ne sauroit trop lui dire qu'il ne peut rien vouloir contre la morale et la justice, parce que tout ce qui est contre elles est évidemment contre lui-même, contre son bonheur.

Il n'est pas dans la nature d'aucun être, comme qu'on le conçoive, *de rien vouloir, qui lui soit préjudiciable*.... Les passions peuvent bien en donner l'air quelquefois; mais ce ne sont point les folles avérées qu'il faut interroger pour décider une question de raison et de vérité....

La souveraineté du peuple, erreur la plus démontrée des législateurs imprudens et barbares de nos jours, fait dire à M. Méhée, parlant toujours de la formule qu'emploie le Roi à la tête de ses ordonnances : « *Lorsqu'un* » *prince est touché et reconnoissant, il n'est* » *pas naturel qu'il se vante DU MOINS, lors-* » *qu'il peut citer le PLUS* en sa faveur. » Quelle platitude ! Dieu est *le moins*, et le peuple est *le plus*... Que dire à cela? Sinon qu'on se hâte à Bicêtre d'y préparer une place *de plus*...

La souveraineté est indivisible comme la Divinité. Aussi, dans tous les temps, a-t-on regardé un roi comme l'image visible de Dieu même. A mes yeux il seroit moins ab-

surde peut-être de dire que la Divinité est
dans les anges et dans les saints, que de
vouloir nous amener encore à compter autant de rois sur la place qu'il y a de porte-
faix. Puis-je voir la *souveraineté* dans le peuple, quand le peuple ne sait jamais *ce qu'il
veut, ce qu'il faut, ce qu'il doit faire, et
comme il doit le faire*... Quels sont donc les
attributs de la souveraineté?

Je le répéterai ici avec autant de raison
que je l'ai dit ailleurs, que ce n'est pas avoir
une volonté à soi, lorsqu'on ne parle et n'a-
git que d'après celle des autres? Que le peuple est un troupeau quand il a un pasteur,
et rien lorsqu'il croit être tout.

Si, dans mes *Tableaux historiques sur la
Vie et le Règne de Louis XVI*, je ne parlois
pas de la prétendue *souveraineté du peuple*,
je traiterois ici ce sujet plus au long, et avec
plus de méthode. Mais quel est celui qui
peut se flatter de mieux prouver combien
cette souveraineté est fallacieuse, imaginaire,
que ne l'a fait la révolution qui l'avoit pro-
clamée par l'oisiveté et l'aveuglement du
peuple, par la flamme et le fer qui couvrirent
la malheureuse France de ruines, de sang et
de pleurs?

Je demande s'il est possible que deux cents

personnes plus ou moins, par exemple, fassent à-la-fois, comme par inspiration, une *loi* ? Si ce n'est pas, au contraire, toujours un seul individu qui l'imagine, et si ce n'est pas cent ou deux cents personnes qui l'adoptent ?... Pour rendre mon idée, je ne sais mieux dire, qu'en disant, que la souveraineté est dans le *singulier*, et l'obéissance dans le *pluriel*..... Oui, la *souveraineté* est dans l'homme et jamais dans les hommes. Si un observateur judicieux réfléchit sur les vingt, trente hommes qu'il verra réunis, qu'il écoutera ; il distinguera qu'il en est un parmi eux qui domine, qui règne pour ainsi dire, et sa souveraineté seroit réelle sur tous les individus, quelque nombreux qu'ils fussent, s'ils étoient entièrement susceptibles des mêmes impressions que ceux dont je parle.

Un faisceau, sans le lien qui le forme, qui réunit les flèches ou les bâtons, n'offriroit à l'œil que tant de flèches ou de bâtons épars ou entassés... La force est donc dans le lien... Et quel est le lien du *faisceau d'hommes* que nous nommons peuple, c'est la *morale*, la *justice*, la *loi*..... Et tout cela, n'est-ce pas Dieu ? Que feroient tous les peuples, sans les aggrégations sentimentales de la civilisation qui les unissent entr'eux, qui les attachent au sol qui les vit naître ? Ils ne seroient que ce que sont les sauvages les plus abrutis, qui portent tout ce qui les intéresse dans leur carquois.....

Il faut convenir, je le répète, que c'est un étrange souverain, que celui qui ne sait pas même la volonté qu'il doit avoir, qui ne connoît que le chemin qui le ramène chaque jour au champ nourricier, qui sent impérieusement la nécessité d'obéir et jamais celle de commander !

Mais comme il faut toujours en revenir au bon La Fontaine, non avec l'esprit de M. Méhée, mais avec celui des hommes qui n'ambitionnent que le triomphe de la vérité, nous citerons quelques vers de sa belle fable des membres et de l'estomac, qui bien réfléchis, suggéreront toujours les pensées les plus sages.

« Bientôt les pauvres gens tombèrent en langueur ;
» Il ne se forma plus de nouveau sang au cœur :
» Chaque membre en souffrit, les forces se perdirent.
   » Par ce moyen les mutins virent
» Que celui qu'ils croyoient oisif et paresseux,
» A l'intérêt commun contribuoit plus qu'eux.
» Ceci peut s'appliquer à la grandeur royale.
» Elle reçoit et donne, et la chose est égale :
» Tout travaille pour elle, et réciproquement
   » Tout tire d'elle l'aliment.

» Elle fait subsister l'artisan de ses peines,
» Enrichit le marchand, gage le magistrat,
» Maintient le laboureur, donne paye au soldat,
» Distribue en cent lieux ses graces souveraines,
 » Entretient seule tout l'état. »

Où en seroit aujourd'hui la Nation française, si elle s'étoit entêtée à croire à l'égalité, à la souveraineté du peuple ?.. Chacun, si elle avoit pu se maintenir nation avec de tels germes de mort, feroit aujourd'hui ses souliers ; chacun ne reconnoîtroit d'autre empire que celui de son estomac. Enfin, graces à Dieu, nonobstant toutes les factions, tous les novateurs philosophistes, les François ont cédé au torrent démonstratif des circonstances, si cela peut se dire, en reconnoissant la vérité dans les leçons de l'expérience ; ce qui a fait que sans efforts, ils sont redevenus eux-mêmes, et resteront eux-mêmes, si M. Méhée veut bien permettre que Dieu continue à leur en faire la grace.

Il est reconnu qu'un corps ne peut franchir les bornes où la nature l'a circonscrit, sans cesser d'être ce qu'il étoit : et c'est fort applicable à tout corps de nation quelconque.

On trouve, à mon avis, dans la *souveraineté* comme dans l'amour, et comme dans tout ce que l'orgueil veut approfondir, *un je ne sais quoi*, qu'on sent, mais qu'il n'est pas donné à l'homme de pénétrer. Oui, tout nous dit de nous humilier devant l'ouvrage de Dieu, devant celui même qui sort de nos propres mains. Si on ne trouve rien dans le peuple qui atteste la souveraineté, en revanche on retrouve dans le Monarque jusqu'au *je ne sais quoi* qu'on ne peut définir. Et quand le sent-on davantage, si ce n'est lorsqu'on voit la splendeur du trône émaner de ce que la religion a de plus respectable et de plus divin ?

La souveraineté est dans le corps social, ce que l'ame est dans celui de l'homme ; elle se communique, mais ne se divise pas ; elle ne cesse jamais d'être une, et lorsqu'il en est autrement, tout languit, tout va mal.

Quelque gouvernement qu'on imagine, c'est toujours un seul qui le fait aller. Rome, Sparte, Athènes, Londres, Paris, fournissent de nombreux exemples, où nous voyons l'ame *d'un seul*, d'un grand homme, ou d'un grand brigand, et quelquefois l'un et l'autre à-la-fois, dominant, régissant toutes les autres. Je demande s'il est possible de voir cette unité de pouvoirs dans les peuples. Les peuples sont *matériaux*, mais ils ne sont pas le plan ; ils sont ouvriers, mais ils ne sont pas architectes.

Si une armée, quelque nombreuse qu'elle soit, se meut, agit, combat sans général, où est sa force, que devient-elle ?

Pour que la souveraineté fût dans le peuple, il faudroit pouvoir dire de lui ce que Plutarque dit de Philopœmen, qu'*étant né pour commander, il savoit non-seulement commander selon les lois, mais aux lois mêmes, quand la nécessité le requéroit.*

La *souveraineté* est une trop parfaite émanation de Dieu, pour qu'elle puisse s'offrir à nos yeux dans la multitude, qui ne peut pas être l'image de Dieu, à cause de son défaut *d'unité*.

Mais est-il donc tant de besoin de chercher à démontrer l'erreur de la souveraineté du peuple dialectiquement, lorsqu'il ne s'agit que d'être simple historien de ses malheurs, de ses barbaries ?.... Quel vaste sujet de réflexions, que l'époque de Robespierre, et celle de Buonaparte à son retour d'Egypte ! Dans l'une, je vois le peuple ivre de philosophisme, je le vois dégagé de tous les liens des lois, de l'opinion, et même de sa propre conscience....

« L'arche sainte est muette et ne rend plus d'oracles. »

L'univers n'offre plus à ses yeux que des

massacres à faire, que des dévastations à exercer..... Dieu n'est plus qu'un sujet de blasphême, de dérision, d'ironie ; il est en butte aux plus affreux sacrilèges..... Les devoirs d'époux, de fils et de père ne sont plus respectés ; la nature a perdu ses droits, son cri n'est plus entendu ; l'honneur, la vertu, tout ce qu'il y a de saint ici-bas est méprisé, est regardé comme autant d'absurdes préjugés. Il n'est plus de liberté que dans la licence, le pouvoir de nuire *est le plus saint des devoirs*.... Et dans un tel état de choses, un tigre, un monstre, l'être le plus exécrable qui eût encore paru ; si cruel, qu'on eût dit qu'il étoit réellement d'une nature différente de celle des autres hommes ; qu'il en étoit si éloigné, que les bêtes les plus féroces étoient l'intermédiaire vivant entre les hommes et lui. Hé bien ! sous un tel monstre, le peuple a-t-il montré sa souveraineté ? A-t-il cessé de forger du fer, de raboter des planches, de faire des souliers, des culottes ? Non, il n'a su que préférer de ne pas en porter.

Egalement, si nous arrêtons nos regards sur la chûte du directoire, qu'y voyons-nous ? Des hommes ayant encore les lèvres dégoûtantes de la bave révolutionnaire, du serment de haine à la royauté, qui laissent exercer à

un seul mortel , à Buonaparte , l'acte de sou-
raineté le plus mémorable de l'histoire peut-
être....

Oui l'on dira toujours qu'il ne fallut qu'un homme,
Qui, près de l'Éternel, est à peine un atôme !
Pour confondre à jamais en France, en chaque lieu,
Les brigands qui disoient qu'il ne faut point de Dieu,
Point de rois, point de frein... et n'aspirant qu'à vivre
En vrais *orang-outangs*, lui seul nous en délivre.
Que fait-il? Il arrive, et se dit en son cœur :
« Le monarque est absent, soyons usurpateur;
» Au lieu d'un vil bonnet, il faut une couronne,
» Une tiare, des fers, un prodigieux trône. »
Il dit, et cela fut... Quel miracle, ô mortels !
Et vous n'êtes pas tous prosternés aux autels?
Hélas! je vous entends, *le vieil homme* en est cause;
L'ambition l'entraîne et de tout il dispose,
Et de tout il fait fin... Plus tyran que Sylla ,
Verrions-nous un Cyrus dans un autre Attila?
Eh ! ne l'a-t-on pas dit que dans chaque chaumière
Chacun croyoit revoir l'ombre de Robespierre ?...
Les guerets, les autels, le commerce et les arts ,
Sont-ils favorisés par de pareils Césars ?....

Mais ne poussons pas plus loin cette cita-
tion; laissons - là mon *poëme sur l'Espion-
nage*, et nous reviendrons tout naturellement
au sieur Méhée.

« Le même esprit de religion , dit-il, qui
» a consacré que les rois et les bergers sont

» égaux devant Dieu, ne permet pas non
» plus, suivant nous, à un prince modeste,
» la pensée que Dieu se soit plus occupé de
» lui que de tout autre. »

Nous ne croirons jamais que celui qui n'a
que des moutons à paître, qui n'a besoin que
d'une houlette et d'un chien pour les conduire, puisse à lui seul, avoir autant d'espace
à remplir dans le livre des destinées éternelles,
que le monarque, sur qui pèse une respon-
sabilité aussi étendue, aussi effrayante que
l'est celle du sceptre... Il est donc bien prouvé
que les devoirs, ni les vertus ne sauroient
être les mêmes... Saint-Antoine ne dut pas
avoir, nonobstant ses tentations, autant de
peines à surmonter, autant d'obstacles à vain-
cre pour faire son salut, qu'un Roi entouré
de flatteurs et de courtisannes.....

Mais achevons de mettre, en entier, sous
les yeux du lecteur, le passage auquel nous
répondons en ce moment.

« *Et que le ciel ait décidé que ce seroit*
» *plutôt* Louis *que* Pierre *ou* Philippe
» *qui feroit exécuter les lois en France. Ce*
» *qui répondoit à tout, c'est que le peuple*
» *Français l'a voulu.* »

Les *mielleuses* paroles de M. Méhée ren-
ferment un venin bien subtil ; je ne crois pas

qu'il existe aujourd'hui de Français assez ennemi de lui-même et de l'Etat, pour se prendre à de pareils hameçons.....

Oui, sans doute, *le peuple Français l'a voulu;* il est des choses si tellement justes, si nécessaires, qu'elles vont sans dire. Pour tout ce qui est devoir, il est inutile de demander si on veut faire son devoir, parce qu'on ne peut pas raisonnablement supposer qu'on ne le veuille pas faire, quand il n'est rien qui ne le prescrive impérieusement. Otez Dieu de la société, il n'y a plus de gouvernement ; sans gouvernement, il n'est d'autre souveraineté que celle de l'*homme*. Si Dieu est l'auteur et la racine de tout, j'ai raison de dire qu'il étoit du devoir de la Nation de revenir à son légitime souverain.....

« *Au reste ,* dit M. Méhée, *il suffit à l'hon-*
» *neur ou à la gloire nationale qu'il n'ait*
» *plu a Dieu et aux Anglais de rétablir*
» *Louis XVIII, que lorsqu'il a plu au peu-*
» *ple Français de ne plus soutenir un gou-*
» *vernement devenu insupportable.* »

Le gouvernement d'un *usurpateur* du caractère de Buonaparte, ne pouvoit qu'être insupportable. Eh ! qui le sait et l'a plus éprouvé que moi ? Mais qu'est-ce que la cause d'un pauvre individu auprès de celle de tous?

Ce qui est important pour la Nation, c'est qu'elle ne laisse pas circuler des ouvrages aussi mauvais que celui que nous réfutons. C'est tromper le public, que de faire marchandise des erreurs, des passions; et c'est y participer que d'en favoriser l'impression et la vente... Oui, je le répéterai ici, sans m'y arrêter, que tel qui fait imprimer un ouvrage parce qu'il a jugé qu'il aura du débit, et qu'allant jusqu'à une *seconde édition*, cela lui rapportera de l'argent, qu'il n'eût peut-être même pas songé à le faire s'il eût dû en payer l'impression et n'en retirer aucun profit (*).

C'est-à-dire que Dieu, d'après *la brillante phrase* de M. Méhée, qu'il fait *marcher de pair avec les Anglais*, n'a voulu et n'a pu

____

(*) Aussi c'est ce qui me fait redire ici qu'on ne sauroit trop se hâter à emmener les auteurs à ne plus vendre leur esprit, à ne plus faire marchandise de ce qui rapproche le plus l'homme de la Divinité. Il est si peu d'ames nobles et généreuses, mais il en est beaucoup d'intéressées ! qu'on est bien autorisé à croire que tant de gens qui se font imprimer, ne le feroient pas, s'il falloit qu'ils fissent les frais de l'impression de leur ouvrage, qui n'est quelquefois que le fruit de l'erreur en délire, ou de l'humeur occasionnée par une mauvaise digestion, ou par l'insomnie d'une nuit agitée par une imagination prévenue, et un cœur inquiet qui croit trouver du repos jusqu'aux pieds des faux dieux.

vouloir que ce que les Français ont voulu ; et que *l'honneur* et la *gloire* de la Nation demandoient qu'elle ne fût animée des vrais sentimens de morale et de religion, de justice et d'honneur, que quand elle n'auroit plus d'argent à donner, et d'hommes à fournir à celui qui se faisoit un délice d'en faire une infernale consommation !... C'est en vérité être bien constant à l'erreur, que de vouloir rendre toujours les hommes indépendans de la suprême et éternelle puissance.....

Mais on veut expliquer les choses les plus inexplicables ; et parce qu'on ne peut s'en rendre raison d'une manière satisfaisante, on finit par ne vouloir pas même croire ce qu'on voit.....

Rien de si opposé et de si naturel que le jour et la nuit, que l'erreur et la vérité, le crime et la vertu, le fort et le foible, le sujet et le Roi. Cela n'empêche pas qu'on ne doive de continuels hommages de reconnoissance et d'admiration à l'œil du jour, que la vérité ne soit tôt ou tard triomphante, que la vertu ne soit la meilleure amie des hommes, que la force n'enchaîne les passions, qu'un Roi ne soit le plus intéressé à ce que ses sujets soient heureux !..... Oui, jusqu'aux imperfections qui nous frappent et révoltent l'orgueil, tiennent à *l'ordre impénétrable* qui règne dans l'univers moral comme dans l'univers politique. Laissez dire les philosophes, qui veulent tout soumettre à des calculs mathématiques, qui veulent tout perfectionner, qui parlent tous du progrès des lumières. Les siècles n'ont fait que singer les siècles. Oui, oui, il faut le redire, que ce que tant de prétendus savans regardent comme *imperfection*, est *ordre*, est *perfection*. Si le présomptueux, aveuglé par son cœur, en juge autrement, c'est qu'il n'est pas donné à l'imperfection humaine de pénétrer les immenses mystères de la perfection divine.

Jamais l'immortel Montaigne ne s'est montré plus judicieux que quand il écrivoit
« qu'il devroit y avoir quelque correction des
» lois contre les écrivains ineptes et inutiles,
» comme il y en a contre les vagabonds et
» fainéans, on banniroit des mains de notre
» peuple, et moi et cent autres. Ce n'est pas
» moquerie ! L'escrivaillerie semble être quel-
» que symptôme d'un siècle débordé : quand
» écrivîmes-nous tant que depuis que nous
» sommes en trouble (*) ? »

____

(*) *Essais*, liv. III, ch. IX, tom. IV, pag. 66, *édit. stéréotype.*

« *Les ministres*, dit M. Méhée, parlant
» du Roi, *lui font dater tous ses actes de*
» *l'an* 19ᵉ *de son règne !..... Quel peut être*
» *le but d'une singularité qui donne un dé-*
» *menti au Prince lui-même, à la raison et*
» *à la vérité ?* »

Pour être absent de son domaine, on n'en
est pas moins le maître, quelque dévastation
qu'y exerce celui qui le fait valoir ; et on ne
croira jamais que le propriétaire ait pu les faire
faire. Quoique l'on soit parvenu à mettre le
désordre dans la famille, cela n'empêche
pas que par-tout où en est le chef, il ne
conserve sur ses enfans des droits incontestables..... Ainsi les ministres ont raison ;
tout les autorise à dater les ordonnances de
Louis XVIII de l'an 19ᵉ de son règne. Depuis
la mort de l'infortuné Dauphin, il n'a cessé
d'être considéré par plusieurs puissances,
par plus de la moitié de la Nation dans le
fond du cœur, et dans la conscience par le
reste des Français, comme Roi de France.

« *Sa Majesté*, dit M. Méhée, *en repre-*
» *nant les rênes de l'Empire, a déclaré que*
» *tout ce qui avoit rapport à des actes, vo-*
» *tes et opinions antérieurs à la restauration,*
» *seroit livré à l'oubli. Elle a daigné faire*
» *de cet oubli une des clauses principales*

» *de la charte, qui le commande aux tri-*
» *bunaux et aux citoyens.* »

On peut répondre , quant à *l'oubli* dont il est ici question , que Sa Majesté le recommande plus qu'elle ne l'ordonne. Le Roi n'a pas le droit d'exiger de ses sujets l'impossible. Dépend-il de soi *d'oublier* ou de ne pas *oublier?*.... Sa Majesté n'a pas prétendu donner une mesure de mémoire et de sensibilité à personne , ni dicter les expressions dont on doit se servir quand on parle de ses chagrins , de la douleur qu'on éprouve à tel ou tel souvenir. Chacun est libre de peindre la scène déchirante des Carmes (*a*) , les noyades de la Loire , les massacres de Lyon , etc..... comme il le juge convenable. Et loin qu'on doive proscrire de pareils tableaux, on doit au contraire les placer souvent sous les yeux des Français , et de tous les peuples , afin de préserver des monstrueuses erreurs qui firent commettre de grands crimes , les générations qui entrent , qui se succèdent si progressivement dans la carrière. Il faut assurer à la vérité un triomphe indestructible ; c'est le premier, le plus saint des devoirs.....

On s'attendrit à la lecture d'un conte, d'un roman , d'une tragédie , et il nous seroit défendu d'être moins sensibles pour des malheurs

réels que pour des situations mensongères ?
Antigone nous arrache des larmes, et nous
n'oserions point en laisser tomber sur les pas
de la digne fille de Saint-Louis et de Marie-
Thérèse, de l'auguste Madame Royale ?.....
Quoi ! les Français seroient assez lâches pour
ne pas oser s'attendrir au souvenir si naturel,
si nécessaire de tous leurs maux, de peur
que ceux qui n'ont versé *que du sang* ne vis-
sent l'impression qu'ils éprouvent ? Loin de
nous une pusillanimité si honteuse, si indi-
gne des cœurs qui se respectent et qui ché-
rissent la vertu. Non, nous ne serons pas
réservés à ce nouveau supplice, à un escla-
vage si monstrueux, si humiliant et si cruel...
Nous ne pourrions le craindre, qu'autant
que l'enfer remettroit les rames et le gouver-
nail du vaisseau de l'Etat dans les mains des
Vandales, des hommes de sang, s'il étoit
possible qu'il pût en exister encore en France.

La seule manière de rétablir la confiance,
et d'alléger le poids des reproches qu'on a à
se faire, c'est de tonner soi-même sur soi-
même ; c'est de prouver par toutes ses actions,
qu'on est revenu de ses égaremens, qu'on
reconnoît ses erreurs, et pour lors, il n'y aura
plus de contrainte dans la société ; et s'il y a
quelqu'un qui y soit à la gêne, et qui souffre,

ce sera celui qui n'aura rien à se reprocher.
Au premier coup-d'œil cela paroît étrange,
cela n'en est pas moins vrai, et c'est même ce
que je puis dire de mieux en l'honneur du
cœur humain....

Mais si on aime à se repaître des idéés qui
ont été si fatales à la France et à l'humanité,
qu'on veuille rester toujours dans les plus
funestes principes, et exiger qu'on ait pour
soi les égards et la considération qui ne sont
dus qu'aux vrais patriotes, qu'aux amis de la
vertu, c'est vouloir arrêter le soleil dans son
cours...

Etouffer ses pensées, éteindre le feu qui
nous anime, émousser la sensibilité qu'on
éprouve, bâtonner ses discours pour un vil
respect humain, de crainte que la vérité ne
blessât les oreilles ou les yeux de ceux qui
s'obstinent, malgré nos longs malheurs, à
rester les ennemis de la société ; ce seroit trop
criminel, ce seroit trop contre les droits les
plus saints des hommes, pour que nous de-
vions craindre de voir jamais le ciel ni la
terre prendre les vœux, les réclamations de
M. Méhée en considération.

On se repent de bonne-foi, ou on en fait
le semblant. Si on se repent, l'amour-propre
doit être flatté du repentir, et ne sauroit

souffrir quand on foudroie les principes qui ne sont plus les moteurs de notre conduite. Le passé n'est pas le présent. Si on est entièrement rendu à la raison, la raison peut-elle déplaire ?.....

Qu'on soit, comme le Roi, tout clément; cela doit être facile à des cœurs nobles et généreux. Les parens, les amis des victimes ont un grand exemple devant les yeux; aussi regarderoient-ils comme indignes d'eux-mêmes, quand les frères augustes de Louis XVI et de madame Elisabeth donnent de si magnanimes exemples, que le Dieu de leurs ancêtres ne cesse de présenter, écrits de son sang adorable, les préceptes les plus sacrés, de ne pas s'y conformer, en marchant sur les traces de leur Roi et sur celles du Sauveur....

Sa Majesté a voulu dire de laisser les coupables en paix, de les laisser jouir tranquillement de la fortune qu'ils ont acquise, de ne pas leur chercher querelle ; mais il n'a pas prétendu gêner la pensée ni le sentiment sur aucun trait historique de nos sanglantes annales. Il a dit au contraire, il y a fort long-temps, et je ne l'ai pas oublié, *guerre aux principes, pardon pour les personnes*. Jamais plus belle maxime ne s'est reposée sur les lèvres d'aucun sage ; jamais sentiment ne fut fait pour honorer davantage le cœur humain que celui-là. O Louis, ô mon maître, père chéri de la patrie ! ton amour fera de tes sujets de véritables enfans. Attends tout de leur respect, de leur expérience, de leur réflexion. . . . . . Les anges commis à leur garde ne les abandonneront plus. La vérité leur peindra l'accord de tes vertus et de leur reconnoissance comme la source la plus pure de la félicité publique... Oui, les fils aînés de la France, si éprouvés, si peu heureux ! verront toujours l'honneur et le devoir à donner dans la grande famille l'exemple de la soumission la plus judicieuse et du dévouement le plus absolu. Leur patriotisme ne peut plus être mis en doute, et lorsqu'il l'est, c'est par les lâches sanguinaires (*), dont la jouissance est d'insulter au malheur, et de douter des vertus qu'ils n'ont jamais connues, et dont le

______

(*) Tel que le parricide Carnot, qui, après avoir prêté serment de fidélité au meilleur des maîtres, se crut autorisé d'enfoncer le poignard de son vote exécrable dans le cœur le plus vertueux. Et par une suite de cette même lâcheté, de cette même infamie, il ose attaquer des hommes à qui on n'a laissé, pour ainsi dire, qu'un cœur pour souffrir et pardonner ; mais nous saurons prouver encore, que c'est pour donner aussi l'exemple des plus hautes vertus.

seul génie est de savoir fomenter la haine et semer la discorde et la guerre. Mais celui qui entend

. . . . Les soupirs de l'humble qu'on outrage,
Juge tous les mortels avec d'égales lois,
Et du haut de son trône interroge les rois,

n'entendra pas des vœux aussi saints, des prières aussi ferventes que le sont celles d'un Monarque si exemplaire dans la religion du Christ, sans nous préserver des exhalaisons venimeuses des ames malfaisantes qui voudroient en obscurcir encore le ciel de la patrie....

A présent achevons de rapporter, sur le même sujet, les réflexions les plus étranges, les plus dépourvues d'ame et les plus indignes d'un vrai Français.

« 1.º *Est-ce comme moyen d'oubli que les*
» *autorités, et tout ce qui tient à elles, les*
» *journalistes, les prêtres, les écrivains ont*
» *proclamé à l'envi ces commémorations fu-*
» *néraires en l'honneur de tout ce qui a péri*
» *victime de son attachement à l'un des par-*
» *tis qui ont divisé la France? Est-ce pour*
» *les faire oublier, que l'on rappelle succes-*
» *sivement tous les effets des troubles civils,*
» *qu'on désigne à la mémoire de ceux qui*

» ont souffert les actes du parti opposé ;
» que la presse, le burin, les chaires publi-
» ques et les théâtres nous reproduisent les
» faits que l'on prétend vouloir ensevelir,
» que l'on essaie de couvrir la France d'un
» crêpe funèbre, et de la transformer en un
» vaste lacrymatoire ?....

2.º . . . . . . » Le père le plus tendre, le
» fils le plus pieux, le frère le plus désin-
» téressé, ne pleurent que pendant un temps
» donné les objets les plus chers. Les larmes
» tarissent, la douleur meurt comme tout le
» reste, et si quelquefois la mémoire de nos
» anciennes afflictions vient nous dérober
» une larme, cette larme coule isolée et so-
» litaire. Elle fuit cet éclat qui la rendroit
» suspecte, et n'a besoin ni de prédicateurs
» ni de journalistes. La vertu est belle par
» elle-même ; mais, messieurs, la vertu vé-
» ritable est modeste, et la vôtre fait un va-
» carme, dont le moindre inconvénient seroit
» que bien des gens n'y croiroient pas.

» 3.º Croyez que vous êtes aussi intéressés
» que nous à cet oubli.

» 4.º Si l'émigration venoit nous repro-
» cher les pertes qu'elle a faites dans la guerre
» HEUREUSEMENT TERMINÉE, nous lui rap-
» pellerions la réponse que fit un personnage

» de la fable à la lionne, qui déploroit la
» perte de son faon.....

» 5.º N'est-ce pas braver insolemment la
» volonté du Monarque, que de chasser,
» comme on fait, de tous les emplois publics
» les hommes qui, dans le procès de Louis
» XVI, ont adopté l'opinion fatale à ce mal-
» heureux Prince. Ce sont des assasins, nous
» dit-on à la tribune de nos chambres légis-
» latives et dans les journaux dirigés par nos
» ministres. Mais depuis quand, des hom-
» mes ÉTABLIS JUGES par une grande Na-
» tion, sont-ils responsables de l'arrêt que
» leur conscience bien ou mal éclairée leur
» a dicté? Je suis loin de prétendre borner
» la liberté des opinions d'un législateur ou
» d'un écrivain ; mais j'oserois assurer que
» ceux qui s'expriment ainsi, méritent une
» punition exemplaire, non pas parce qu'ils
» ont été injustes ou insolens, mais parce
» qu'ils violent l'un des principaux articles
» de la Constitution.

» 6.º . . . . Il est de principe que, dans
» l'état social, toute la société est lésée,
» quand un de ses individus est injustement
» opprimé.

» 7.º . . . Oubliera-t-on que cinquante
» mille communes avoient, chacune, à cette

» époque , deux ou trois comités qui se
» sont empressés d'applaudir à leurs repré-
» sentans? Oubliera-t-on les adresses in-
» nombrables par lesquelles on s'est hâté de
» féliciter la Convention , et les deux mil-
» lions de signatures qui attestent l'assen-
» timent volontaire de tant d'hommes...

» 8.º . . . . On a l'air de ne poursuivre
» que quelques centaines d'hommes ; mais
» au fond la cause des votans est celle de
» tous ceux qui ont approuvé l'arrêt ; et
» c'est une armée de deux millions d'hom-
» mes qui se trouve aujourd'hui obligée de
» se mettre en défense contre l'attaque im-
» politique de ceux qui ont dispersé son
» avant-garde.

» 9.º . . . Chacun de nos soldats ne doit-il
» pas rentrer incessamment dans ses foyers
» où il se trouvera sans doute fils , cousin ou
» gendre d'un assassin ou d'un partisan de
» l'assassinat?

» 10.º . . . . On afflige quelques hommes
» qui rougissent aujourd'hui sur ce qu'alors
» ils croyoient honnête. »

J'ai numéroté les touchantes et patrioti-
ques dénonciations au Roi de M. Méhée, afin
de les rendre plus apparentes aux yeux du
lecteur, et de les faire correspondre aux pa-

ragraphes de ma Réfutation , que je désigne
par les mêmes chiffres.

§. I. Il faut le répéter, l'oubli est impossible :
que dans les sallons on évite avec une grande
attention de parler des choses qui peuvent
établir des discussions pénibles et dangereu-
ses , je conçois que la sagesse l'exige. Mais je
ne conviendrai jamais que les orateurs chrétiens , que les poëtes , que tous les écrivains
qui consacrent leur temps à l'instruction de
leurs compatriotes , qui , dans la solitude de
leur cabinet , n'accueillent que la vérité, doivent éviter de mettre dans leur composition
rien de ce qui peut rendre le crime en horreur,
de ce qui peut exciter le repentir , de ce qui
peut faire ressortir l'innocence , les malheurs
des victimes et marquer la nécessité de rendre
à leur mémoire des hommages d'estime et de
regrets ; car plus on nous dira qu'on a cru
devoir condamner le Roi , la Reine , madame
Elisabeth ,... plus c'est nous faire un devoir de
confondre une pareille croyance , qui ne se
fonde que sur la licence la plus barbare et la
plus sanguinaire qui eût encore existé. Et ne
craint-on pas de nous pousser à bout , de ten-
ter notre patience , et qu'enfin nous ne disions
au peuple, dont on a si long-temps versé le
sang sans pitié ni remords, *qu'il est des*

crimes qui dépassent la clémence royale?

Si en quatre-vingt-treize on eut l'infamie de refuser l'appel au peuple, on pourroit bien trouver le moyen de prouver en 1814 la possibilité et la nécessité même, de l'établir juge entre la mémoire des augustes victimes, et les scélérats qui les vouèrent à la mort ignominieuse de l'échafaud....

Eh ! quel intérêt a M. Méhée, de vouloir faire rejaillir sur plusieurs millions de Français l'horreur d'un si grand crime, dont le déshonneur ne doit peser que sur ceux qui le commirent? L'amour de la patrie doit toujours parler si haut, être toujours si éloquent pour rejeter tout ce qui est à sa honte, que j'avoue que la conduite de M. Méhée me jette dans d'étranges soupçons. *Quel est le grand intérêt* qui a pu contre-balancer qui a pu l'emporter sur le devoir de défendre son pays de l'inculpation abominable d'un *parricide ?* M. Méhée se seroit - il attendu, qu'après un pareil ouvrage, que par-tout où il paroîtroit, les Français lui en témoigneroient leur satisfaction? Ou plutôt comment n'a-t-il pas craint d'être honni par-tout où il se montreroit? Et de quel bras M. méhée soutiendra-t-il la cause des régicides ? Ignore-t-il que les peuples, que les rois sont tous intéressés à

exterminer un parti aussi odieux , s'il osoit ,
après avoir rampé avec tant de bassesse aux
pieds du trône de l'usurpateur , après avoir
couvert de cadavres l'Europe entière , lever
une tête audacieuse et menaçante ? Oui , ce
ne seroit, qu'il ne s'y trompe pas , que pour
se la voir écraser. . . . Ainsi donc, qu'il reste
ignoré, qu'il ne prétende pas imposer des lois à
la clémence royale. Depuis quand les criminels
ont-ils le droit de dire comment ils veulent
être pardonnés? Il seroit assez singulier de les
voir devenir exigeans ; n'est-ce pas réveiller
la justice et repousser la clémence? L'Europe
a lu dans nos journaux la réponse dont Sa
Majesté honora la députation de la ville de
Nant, qui sollicitoit la permission d'élever un
monument à Louis XVI; et quelle fut cette
réponse? La voici :

« On ne pouvoit rien me demander qui fût
» plus agréable à mon cœur, que le monu-
» ment qu'on desire élever au meilleur des
» Rois..... Je suis sensible aux sentimens que
» vous m'exprimez au nom des habitans de la
» ville de Nant...Aujourd'hui, je ne connois
» plus que de bons Français...... » Après
cela, comment M. Méhée se justifiera-t-il
d'avoir eu l'insolente impudence d'adresser à
son Roi, au chef suprême des Français , des

réflexions remplies du venin le plus affreux
de la révolution, et de tout le fiel de l'ironie.... ? Non, il n'est point de Français qui
ne doive demander que le sieur Méhée soit
puni, et je m'honore d'être le premier à en
manifester le desir. Que les François n'ou-
blient pas que l'impunité a attiré sur la France
tous les fléaux, toutes les malédictions de la
terre et du ciel. Qui auroit pu s'attendre,
qu'après tous les bienfaits dont la Providence
vient de nous combler, en terminant nos dissentions miraculeusement, qu'il s'élèveroit
une voix pour oser nous reprocher de céder
aux nobles sentimens qui nous animent,
quand nous faisons faire des services funèbres pour le Roi, la Reine, madame Elisabeth,
le Dauphin et le duc d'Enghien ? Et quand
même nous en ferions faire pour tous ceux
de nos amis qui ont été immolés parce
qu'ils étoient *royalistes*, serions - nous bien
coupables d'élever la voix aux pieds du trône,
et de dire avec componction, en regardant
comme une punition de nos péchés la mort
de nos amis : *Seigneur, j'ai crié vers vous du
sein de l'abyme ; Seigneur, écoutez ma
voix ?...* Est-ce que nous ne devons pas être
aussi libres dans notre amour, quand la justice règne, que l'ont été les méchans dans leur

haine , quand l'iniquité seule rendoit des arrêts ? Si M. Méhée a un cœur, ce ne peut être celui d'un homme , puisqu'il n'a pas rougi de faire de pareilles réflexions, habitant la même ville que l'auguste Madame Royale. Comment a-t-il pu se la représenter, sans être lui-même attendri , ayant les yeux noyés de larmes, étant sans cesse entourée des ombres sanglantes des augustes auteurs de ses jours , de l'immortelle Elisabeth , et d'un frère dont l'infortune fut si grande , qu'elle renferme à elle seule tout l'intérêt du cœur humain , et tous les malheurs dont l'histoire du monde peut offrir le tableau... Comment la France pourroit-elle prouver à l'univers, aux générations futures , que le parricide du 21 janvier n'est que le crime de quelques conventionnels, *si les bons François d'aujourd'hui, de quelque parti qu'ils aient été*, ne s'empressent pas de témoigner à la famille Royale leur dévouement, en remplissant un devoir aussi sacré que l'est celui des vivans envers les morts, en cédant à la nécessité d'être justes, sensibles et dévoués à la cause de l'innocence et du malheur ? Quoi ! parce qu'on agite le remords dans certains individus, parce que leur amour-propre souffre, parce qu'ils sont assez insensés pour s'obstiner à rester dans la

4..

ville royale, en France, il faudroit nous priver de la satisfaction de parler, d'honorer les vertus du bon Louis XVI, de ce sublime ami du peuple? On nous prend donc pour des enfans ou des êtres foibles, timides, et sans énergie et sans cœur? Cet homme qui vient de se faire connoître à moi sous un si exécrable rapport, ose demander *si on veut transformer la France* !

La France est un vaste lacrymatoire....... Malheureux ! tu n'as donc jamais versé de larmes ? Pourrois-tu te vanter de n'en avoir pas fait répandre ?... Tu ne sais pas que celles qui honorent l'ame ont leur douceur, qu'elles sont l'effet d'une douleur, dont le temps a entièrement émoussé la vivacité, et que les souvenirs ne la réveillent que pour dédommager l'amitié, l'amour pur des jouissances réelles, des jouissances qui ne sont plus possibles de goûter ici-bas?... Ne sais-tu pas que le dévouement, la reconnoissance, l'estime, la pitié éprouvent le besoin de s'épancher au souvenir de ceux à qui on en devoit de continuels hommages; et quoiqu'ils ne soient plus sur la terre, ils n'en existent pas moins dans nos cœurs?... Dis-nous, pourquoi tu es resté si muet sur les larmes que l'abomination la plus extrême faisoit répandre en versant le sang des innombrables et infortunés conscrits que Buonaparte aimait tant à dévorer? Tu n'es donc l'avocat ardent que des coupables, que des causes barbares? Ah ! rentre en toi-même, et ne t'expose plus à une vengeance exemplaire.

§. II. A-t-on jamais plus complètement déraisonné? L'éclat de la douleur d'un fils rendroit suspectes les larmes dont il arroseroit le linceul funèbre du plus tendre des pères? Tel est le sens si remarquable des paroles de M. Méhée. Il n'y a pas de doute que quelque sensible que l'on soit aux plus terribles coups de la mort, que le temps n'en efface les premières impressions, et c'est un des plus grands bienfaits de la Providence.... La mort d'un ami, d'un parent, n'intéresse que quelques personnes ; mais la mort qui cesse d'être naturelle, qui devient le plus grand crime dans celle d'un Roi, d'un Louis XVI expirant dans tout l'éclat de ses vertus et de son innocence sur un échafaud, peut-elle ne pas arracher des larmes aux François sensibles et bons, aux cœurs les plus durs, au monde entier?

Ah ! si nos neveux sont assez heureux pour que la nature leur réserve la jouissance de la gloire d'un second Racine, *Marie-Antoinette* sur la scène, leur fera encore plus verser de larmes que le premier ne nous en a fait répandre, aux représentations d'*Andromaque*. Puisque les factions sanguinaires sont enfin réduites, au silence et à l'inaction par l'expérience, la raison, la vérité et le malheur, il ne faut rien négliger pour maintenir la force du remords, qui les paralyse à jamais! de peur qu'un autre fol espoir de succès ne fît commettre de nouveaux crimes... Il faut mettre en usage, non-seulement les ressources de l'éloquence de la chaire, des accords de la lyre des poètes, mais même les burins et les pinceaux qui parlent aux yeux et au cœur. *Mais où garder des lions toujours prêts à rompre leurs chaînes,* pendant que chacun s'efforce de les avoir en sa main pour les retenir ou les garder, ou les lâcher au gré de son ambition ou de ses vengeances (*). Sans doute la vertu est modeste, puisque la vertu est la réunion de toutes les qualités qui font abhorer le mal et chérir le bien. De sorte qu'on peut être très-vertueux, et pourtant n'être pas modeste. Mais qu'y a-t-il de plus modeste, de plus silencieux que les hommes auxquels M. Méhée adresse ses étranges et pitoyables reproches ; ils le sont autant dans leurs discours que dans leurs termes. Et malgré l'état de détresse où

(*) Bossuet, *Orais. funèb.* de M. Letellier.

les ont plongés les iniquités de ceux dont l'im-
pudente fortune insulte avec tant d'insolence
à la misère publique, on ne rougit pas, lors
même que l'héroïsme de leurs sacrifices est le
plus apparent, de les représenter aux regards
du public sous les couleurs et les traits exagérés des plus plates caricatures, telles que
celle de *l'aspirant*, par exemple. Oui, les
malheureux émigrés ne connoissent plus d'autre luxe que celui d'un cœur bien né, que
celui du dévouement le plus sincère aux intérêts du trône et de la France ; et le *vacarme*
que M. Méhée dit que fait leur vertu, est
une plate et noire calomnie. Qu'on me cite
une seule époque de tout le cours de notre
si infernale révolution ; où les royalistes ne
se soient pas immortalisés ! Et pourquoi vouloir les forcer à rompre leur auguste silence ?
Pourquoi vouloir nous armer les uns contre
les autres ? Le sang des François n'a-t-il pas
assez coulé ? N'y a-t-il que le sang et les pleurs
qui puissent étancher la soif infernale des in-
corrigibles factieux ?... Veut-on nous forcer
à n'écouter que notre intérêt, à invoquer la
justice et à faire parler nos droits ? Sachez
qu'il n'est rien de si éloquent, de si sacré que
les droits de l'humanité outragée. Nous for-
cera-t-on à élever la voix et à faire entendre

avec les accens d'un Stentor, s'il le faut, au peuple François, au Roi lui-même, *les vérités de nos sacrifices, les vérités de nos malheurs, les vérités de nos besoins?* Non, vous avez beau faire, nous ne romprons jamais les héroïques liens qui nous attachent sans réserve à notre auguste Roi. Nous connoissons trop combien il est à plaindre d'être assis sur un trône élevé au bord de l'abyme de la dette publique, que les spoliations les plus inouies auroient plus que comblé, sans l'égoïsme licencieux qui parloit seul aux cœurs de fer, et qui seul fut écouté, pour que nous manquassions de constance quand nous savons souffrir; car ce n'est pas en vain que nous avons tant souffert!..... Si dans les jours de malédictions, si dans les jours de nos dissentions intestines, nous avons tiré l'épée pour notre défense, pour la cause du peuple, contre celle des intrigans, des aventuriers, des saltimbanques orateurs, des factieux de toutes les classes, de toutes les espèces, nous saurons, dans des circonstances aussi impérieuses, nous armer de patience, de raison; nous saurions même nous imposer de nouveaux sacrifices, si le sort nous en eût laissé à faire... Mais, hélas! nous n'avons autre chose à offrir à la patrie, que de ne pas troubler les heureux du siècle dans la jouissance d'une grande fortune. Puisse cela nous obtenir des François, que des nouveaux *Méhée* ne viennent plus nous faire un crime d'être sensibles et gens d'honneur.

§. III. Ici, l'indignation me transporte... Quoi ! nous serions réduits à l'humiliation d'un parallèle avec le sieur Méhée, quand il ne rougit ni ne se repent du passé ; quand il devient l'avocat officieux des assassins du Roi ? qui doivent même lui en savoir mauvais gré, puisqu'ils sont sous l'égide de la clémence royale, et qu'il ne fait que fixer sur eux l'attention, les regards du public, lorsqu'ils ne doivent desirer que d'être ignorés. Ce parallèle est en vérité trop outrageant... Eh ! en quoi devons-nous desirer d'être oubliés ? Les crimes des autres envers nous-mêmes, n'impriment de taches que sur ceux qui les commirent. Si on sent qu'il est nécessaire de nous oublier, c'est sans doute parce que les plus longs souvenirs parlent trop haut de reconnoissance, et que pour certaines ames cette vertu est inconnue ou est un cruel fardeau.

§. IV. Les émigrés ne vous reprocheront jamais des victoires, ils sont trop partisans des droits de la valeur... Ce n'est pas le sang

qui coule dans les combats , où chacun défend
bravement sa personne et sa cause , qui peut
être pour nous un sujet de récrimination ; nous
ne nous plaindrons pas de ce que nous sommes
revenus des combats où nous étions un contre
dix. La gloire n'auroit donc plus d'attraits
pour nous ? Nous sommes François comme
vous, et vous ne pouvez penser le contraire.
Si ce n'est pas une aussi grande fortune que
celle de nos ennemis qui nous fixe en France ,
c'est au moins autant d'amour pour elle qui
remplit notre cœur. Non, non , nous ne vous
parlerons jamais de la mort que nos armes ont
portée dans vos rangs, ni de celle que des bras
nerveux et intrépides ont donnée à nos amis,
à nos parens , à des François si généreux ,
parce qu'ils s'y étoient exposés avec autant
d'orgueil qu'ils ont reçu les coups mortels avec
courage. Il nous seroit trop pénible de penser,
que pour inspirer quelque intérêt à nos chers
compatriotes , nous avons besoin de leur rappeler le temps où on fusilloit nos malheureux
camarades , nonobstant toutes les lois de la
guerre et le droit des gens.... Je m'arrête,
l'exécration de Valenciennes vient s'offrir à
mon souvenir , et je ne saurois en parler, sans
mettre sous les yeux du public la lettre mémorable que Louis XVIII écrivit à l'Empereur

d'Allemagne , contre le général qui eut l'infamie de livrer les émigrés qui avoient partagé
les périls des Autrichiens avec toute la vail-
lance des cœurs françois...... M. Méhée eût
mieux fait de garder le silence ; il n'y a plus de
profit à indisposer contre nous ; nous n'avons
plus que la vie à perdre , et nous n'y tenons
pas. Si absolument il vouloit fixer l'attention
du public sur l'ancienne noblesse , et rappeler
les hauts faits d'armes de la Nation , il valoit
mieux nous transporter par quelque trait in-
connu d'histoire au temps où nos ancêtres
disoient et pouvoient dire avec orgueil comme
Vendôme :

« Ceux que le ciel forma d'une race si pure ,
» Au milieu de la guerre écoutant la nature ;
» Et protecteur des lois que l'honneur doit dicter ,
» Même en se combattant savent se respecter. »

Mais M. Méhée nous parle *d'oublier*......
et le moyen qu'il a pris peut-il nous faire oublier ce qui ne peut l'être ni par les vivans ,
ni par ceux même qui sont à naître?.... Est-ce
que de remplir un devoir sacré envers les mânes du Monarque à qui nous avions tous prêté
sans contrainte serment de fidélité , c'est vouloir éterniser les haines ? Est-ce au tombeau
d'un père que des enfans doivent se haïr ; que

des enfans doivent se faire un crime de leur amour, de leurs regrets, de leurs larmes ? Est-ce au tombeau d'un père que la nature reste muette, et que le devoir perd son empire et ses droits ? M. Méhée veut sans doute que nous cessions d'être chrétiens et François, parce qu'il y a parmi nous des hommes qui, à force d'avoir été féroces, n'ont été ni l'un ni l'autre ? En vérité, ce monsieur abuse trop de l'art d'écrire, quand il le fait concourir à satisfaire son humeur cinique.

M. Méhée est d'autant moins fondé dans ses plaintes, que les émigrés n'ont jamais cessé de seconder les intentions du Roi, et nous pouvons en fournir une preuve : dans un repas de plus de soixante individus, donné chez Rosset, restaurateur, où étoient assurément des personnes dont les noms sont bien connus ; tels, par exemple, que ceux de MM. de Banald, de Bournazel, Valady de Fressinet, de Mostuegols, de Vesin, du Lac, et tant d'autres qu'il seroit trop long de rapporter, je chantai les stances que voici : je les avois composées selon l'esprit qui doit nous animer tous. Mais puisqu'on a jeté le gand, je m'empresse de le relever, quelque sale qu'il soit.

Du Roi Louis célébrons la clémence,
Aimons, chantons son retour, ses vertus;
C'est le grand jour de la reconnoissance,
Puisqu'il met fin à d'horribles abus.

Que le François se rappelle sans cesse,
Les jours de sang et tous les maux affreux,
Qui surchargeoient de cyprès la vieillesse,
Et de chagrins la jeunesse en tous lieux.

Louis revient pour essuyer nos larmes,
Faire fleurir le commerce et les arts ;
Faire cesser nos trop justes alarmes,
Faire régner Minerve au lieu de Mars.

Digne héritier du plus tendre des pères,
Du Roi-martyr interprète chéri,
Tu mettras fin à nos longues misères,
Tu régneras plus heureux que HENRI.

Nous n'allons plus former qu'une famille,
Tous les partis dans ton cœur confondus,
S'écrieront que la justice y brille
Plus qu'en celui des Trajan, des Titus.

Du sort, le ciel épure la justice,
En exauçant Louis dans ses souhaits ;
Si généreux en chaque sacrifice
Fait à l'Etat, aux vertus, à la paix.

C'est en lui seul que la patrie existe,
C'est à son cœur qu'il faut nous enchaîner,
En maudissant le froid matérialiste,
Dont les erreurs font tant déraisonner.

Il est si doux d'être avec ce qu'on aime,
Et dans le temps et dans l'éternité,
Que ma douleur seroit la plus extrême,
Si de mon Dieu je craignois la bonté !

Braves Français, conservez dans votre ame
Les sentimens qui vous rendent heureux ;
Quand vous criez : vive le ROI, MADAME,
Au fond du cœur rendez-en grace aux cieux.

De nos accens qu'ici tout retentisse !
Notre bonheur est si doux, est si grand !
Qu'il faut, François, redoubler de justice
Pour abhorrer les forfaits du tyran.

Tyran maudit, barbare et sanguinaire,
De ta grandeur reconnois-tu l'erreur ?.....
Ton héroïsme est trop imaginaire
Pour mériter l'estime d'aucun cœur.

Quoique la réunion dont je viens de parler, n'offrît qu'un tableau intéressant, celui de l'alégresse des enfans qui retrouvent un père et des frères, il ne m'en donne pas moins l'idée d'une comparaison qui laissera même les *Méhée* et les *Carnot* sans réplique ; car rien ne parle à l'esprit et ne persuade, comme ce qui frappe tous les sens à-la-fois.

Des hommes parlent affaire le verre à la main, autour d'un banquet splendidement servi. La discussion devient dispute ; ils s'en-

flamment dans leurs discours, ils s'enivrent
de leurs idées, se soûlent de vin et de paroles;
la raison a totalement disparu, et la folie et
la fureur sont les seules *héroïnes* de la scène.
Voici leurs hauts faits. D'un côté de la salle
on n'entend que des injures grossières, que
blasphêmes horribles, qu'imprécations épou‑
vantables; de l'autre on casse les plats, les
assiettes, les verres, les chaises et les glaces;
les uns se combattent, se terrassent et se
blessent, le vin ruissèle avec le sang; les au‑
tres mettent dans leur poche les couverts d'ar‑
gent; d'autres enfin s'emparent des couteaux
et égorgent et volent leurs voisins, parce qu'ils
ne pensent pas comme eux..... Le maître de
l'hôtel veut prévenir de si grands maux, il
est menacé; il sort, on croit qu'il va cher‑
cher du secours, il est arrêté, on le force de
rentrer; il ne cesse de tâcher à rappeler la
raison, parle d'humanité, de justice, de de‑
voir; cela déplaît, et il tombe sous les coups
des furieux.....

Si je ne me trompe, la *question* est bien
établie, bien facile à résoudre.

A présent, nous dirons qu'il n'est point
de jour qui n'ait son lendemain, comme il
n'est point de folie sans un instant lucide;
que celui qui se repent, qui reconnoît ses

torts , est celui qui n'a rien perdu dans l'opinion publique , qu'il reconquiert tous ses
droits à l'estime , qu'il n'est rien de beau
comme le repentir , parce qu'il n'est rien de
si faillible que l'homme ; que celui qui paie
ce qu'il a cassé est juste ; que celui qui pleure
et se couvre de deuil sur la tombe de l'homme
à qui il a enfoncé un fer homicide dans le
cœur , est digne de pardon et de pitié. Mais
que dirons-nous de celui , qui insolemment
insulteroit aux droits de l'héritier du maître
de l'hôtel, et qui voudroit persuader qu'il étoit
nécessaire de voler , de massacrer , d'assassiner , et que tout cela s'est fait selon leur conscience, et que la vertu des amis et des parens
qui pleurent leurs amis et leurs parens , fait
un *vacarme* qui rend leur deuil , leur affliction *suspecte* ?

O qu'il faudra d'impudence et de front , si
après cela on ose encore élever la voix !...

§. V. Plus nous réfléchissons à la *Dénonciation au Roi*, moins nous pouvons compren-
dre comment au temps où nous sommes , sous
le règne paisible de Louis XVIII , du frère du
Roi martyr ; sous les yeux de Madame Royale,
aux pieds du trône dont elle est pour ainsi dire
l'ange tutélaire , qu'il se soit trouvé un être
assez insensé , assez peu susceptible de ré-

flexion et de sentiment pour se plaindre de ce qu'on ne donne pas de places à ceux, qui sans raison condamnèrent à mort le Roi, la Reine et l'auguste madame Elisabeth... Ici, la nature, la justice, la raison, l'honneur, la politique, le devoir, tout se réunit pour tenir au sieur Méhée le même langage; et pour écarter à jamais en France, des emplois publics, ceux dont Madame Royale ne pourroit rencontrer les yeux ou les pas sans reculer d'indignation, d'épouvante et d'effroi; ceux dont on ne pourrait prononcer les noms devant elle, devant le Roi, sans qu'il ne leur semblât qu'une main glacée, que des doigts de fer leur pressent et le crâne et le cœur.... Ah ! fasse le ciel ! et c'est le vœu le plus pur, le plus sincère, le plus constant de notre ame, qu'on ne puisse jamais dire de Louis-le-Desiré, ce qu'on a dit de César; *qu'il avoit été clément jusqu'à être obligé de s'en repentir!* Je veux pour un moment que la décence, que les principes, que le respect qu'on doit à la nation, à ses mœurs, à sa dignité, puissent permettre que ceux qui sont cause que le sang du peuple a coulé par torrens, que ceux qui sont cause que la France se ressentira à jamais du forfait incomparable que les conventionnels commirent, que Sa Majesté les rappelât aux places qu'ils occupoient sous le règne de l'usurpateur, en vérité je ne crois point qu'ils voulussent y rentrer ; car quel supplice ne seroit-ce pas pour eux , aussi bien que pour le monarque , toutes les fois qu'ils approche-roient de sa personne sacrée ; qu'ils reconnoî-troient en elle la majesté des traits , la can-deur du caractère , la simplicité de cœur, l'éminence des vertus , la noblesse des pro-cédés , l'amour intarissable de l'infortuné Louis XVI, à qui leur horrible démence fit éprouver avec une barbarie inouie, un si long et si cruel supplice , que déja le Roi pater-nel est dans l'esprit fervent de toute la chré-tienté au rang des plus glorieux saints, des martyrs les plus dignes de la palme éter-nelle ?...

Ce seroit abymer notre ame, si nous vou-lions retracer ici les circonstances si déplo-rables , si marquantes, du monstrueux pro-cès fait au meilleur des Rois , nonobstant qu'il fût couvert de l'égide de la justice di-vine et humaine ; nous ne ferions que répé-ter ce que tant d'estimables écrivains ont déja dit , et ce que nous avons exprimé nous-mêmes dans la vie de ce prince que nous venons de faire. Mais nous ne saurions passer sous silence cette expression infâme , si évidemment empreinte de mauvaise foi : ILS L'ONT JUGÉ SELON LEUR CONSCIENCE. Quoi ! ils ont jugé selon leur conscience celui qui n'avoit d'autre passion que celle de trop aimer son peuple ?... Quoi ! ils ont jugé selon leur conscience l'être le plus bienfaisant, le chrétien le plus exemplaire, le François le plus patriote, le père le plus tendre, l'époux le plus fidèle, l'ami le plus généreux, le frère le plus reconnoissant ? O que d'abomination dans si peu de paroles ! La conscience, disoit-elle, que ne trouvant nulle part des lois pour le condamner, il falloit en faire exprès soi-même, et que ce seroit ceux qui les auroient *forgées* qui les appliqueroient ? La conscience a-t-elle jamais pu dire qu'on pouvoit, dans sa propre cause, être accusateur, juge et partie ? Ah ! je suis bien bon de m'arrêter à un délire aussi évident, aussi passionné, aussi digne d'une sentence aussi briève, quant à l'expression, mais éternelle et infernale quant au sens : *La mort sans phrase !...* Aujourd'hui tous les François raisonnables savent que Louis XVI est un des plus grands Rois que la France et l'Europe aient montrés à l'univers ; ils savent que tout le mal qui a eu lieu sous son règne lui est absolument étranger, mais que ce qui est tourné à l'a-

5..

vantage de la nation, à sa gloire, lui est, au contraire, absolument dû... Ils savent que jamais peuple n'a eu pour maître un père plus aimant ; ils savent que les pauvres n'eurent jamais d'ami plus charitable, que les malheureux ne trouvèrent en aucun temps autant de compassion qu'en son ame ; ils savent que nonobstant les erreurs si criminelles qui divisèrent les prêtres François, l'Eglise n'eut jamais de fils plus zélé, plus soumis que Louis XVI; ils savent que les sciences, que les arts, le commerce, l'agriculture, n'ont que des actions de grace à rendre à sa mémoire..... Et un pareil Roi, qui n'eut ni maîtresses, ni favoris, qui fut toujours juste, toujours sage, toujours économe, est mort sur un échafaud? Eh ! on vient nous dire qu'on l'a jugé selon la conscience? *O mon Dieu, rendez muettes ces lèvres perfides, qui parlent contre le juste le langage de l'orgueil insolent*(*). O temps ! ô mœurs ! la plume échappe de ma main ; tout mon sang bouillonne d'indignation et de mépris... Un Roi sur la sellette, des législateurs juges, des juges qui condamnent un Roi, des sujets qui l'égorgent, ô quel assemblage d'expres-

____

(*) Ps. 3o.

sions barbares !.... C'est si étonnant, si inconcevable, que nous sommes forcés de croire qu'il étoit écrit au livre des destinées éternelles : *Il boira dans sa course de l'eau du torrent, et c'est pour cela que sa tête sera élevée* (*).

Je ne crois pas, François, mériter la punition exemplaire dont parle M. Méhée, qui devroit déja l'avoir subie lui-même pour avoir écrit, d'une manière aussi outrageante, contre ce que fait le Roi. Car, quel est le ministre qui oseroit porter la témérité de l'arbitraire au point de faire des nominations dont le Roi n'auroit aucune connoissance ? On nous parle d'un des principaux *articles de la constitution*. Rapportons-en ici les propres paroles, et le public jugera si M. Méhée sait lire, ou s'il y a de la malice dans son accusation.

Art. II. *Toutes recherches des opinions et votes émis jusqu'à la restauration, sont interdites.* — Le mot interdit a aussi le sens de *suspendu*. Le même oubli *est commandé aux tribunaux et aux citoyens.* Remarquez que le mot *oubli* tire tout son sens de celui de *tribunaux*; c'est-à-dire, qu'ils ne mettroient pas

---

(*) Ps. 109.

en jugement les coupables, et que les citoyens qui auroient des vengeances à exercer ne pourroient pas les y traduire pour les faire *punir exemplairement*.... C'est dans l'esprit de cette sublime expression de Louis XVIII, *qui oseroit se venger quand le Roi pardonne?* Ainsi, lecteur, vous voyez que personne n'a violé la constitution, et vous comprenez qu'il ne peut pas tomber sous les sens que le Roi ait voulu nous enchaîner dans le fond de nos cœurs; mais celui qui se plaint en sent si bien la vérité, qu'il dit, dans le même instant, *qu'il est loin de prétendre borner la liberté des opinions d'un législateur ou d'un écrivain....* Que veut-il donc? de quoi se plaint-il donc? qu'il soit donc conséquent avec lui-même.

Oui, si en parlant ainsi je mérite une punition, je la desire, je l'attends; elle sera glorieuse pour moi : le Dieu de Saint-Louis la fait briller à mes yeux de l'éclat immortel de son sang versé pour la justice. *Ah! Seigneur, montrez-moi toujours la loi qui conduit dans vos sentiers; faites-moi marcher dans la voie droite pour confondre mes ennemis* (*). Et ce ne sera jamais moi qui méri-

---

(*) Ps. 26.

terai d'être puni ; mais si bien ceux qui, dès la brillante aurore du ciel français, rasséréné par le retour du souverain légitime, violent sous les traits insultans de l'ironie, d'une modération perfide, d'un respect affecté, toutes les convenances envers notre monarque, comme à l'égard des *premières autorités de l'État*. Et pourquoi perdre toute retenue sans nécessité, sans que le devoir y oblige ? Pourquoi vouloir faire de nous des automates qui ne doivent porter que les couleurs qui plaisent à ceux qui ont tant de reproches à se faire, qui ne doivent se mouvoir que de manière à ne pas réveiller le remords dans le cœur ? Pourquoi vouloir faire rejaillir sur la France le sang dont il étoit impossible qu'elle fût avide ? Eh ! comment exprimer son repentir, ses regrets, si ce n'est en honorant la mémoire de l'homme juste que la couronne même de Louis XIV ne put garantir des fers ni des mains d'un bourreau ? Comment satisfaire le plus saint des devoirs envers la mémoire de ceux que nous estimions, que nous aimions, que nous pleurons, si ce n'est par des hommages pieux, des prières ferventes, des monumens glorieux ?... Les jouissances du retour à la vertu sont aussi réelles que celles d'un beau jour après une longue tempête ; les jouissances d'un cœur qui sait aimer, du cœur qui conserve religieusement des souvenirs sacrés, soit par reconnoissance, soit par dévouement, amour, sont trop chères aux ames sensibles, pour qu'on puisse penser qu'une nation aussi renommée dans l'histoire que l'est la nation française par son attachement pour ses Rois, la douceur de ses mœurs, la noblesse de ses sentimens, n'éprouvera pas le besoin de solenniser tous les ans l'époque déchirante du 21 janvier 1793, afin d'en perpétuer l'horreur, l'exécration jusque dans le cœur du dernier des François. Si on a imité les Anglois dans leur parricide, se refuseroit-on de les imiter dans les remords qui les honorent autant qu'ils les caractérisent ?

§. VI. Rien ne me paroît aussi étrange que le ton que prend M. Méhée, et que de lui voir publier, par la voie de l'impression, sous le règne du monarque légitime, ce que sous celui de *l'usurpateur*, il n'eût pas osé dire des ministres, ni *peut-être même des juges* de Louis XVI. Cependant si jamais les ministres ont eu des reproches à se faire, c'étoit bien dans le temps où on abusoit si fort de la bonté naturelle des François, où on dilapidoit si indécemment les finances de l'Etat, où on plongeoit dans les cachots tant de malheureuses victimes, et dans la nuit infernale du tombeau tant de pauvres conscrits !.....

« *Il est de principe*, dit-il, *que dans l'état* » *social toute la société est lésée quand un* » *individu est injustement opprimé.* »

Oui, sans doute, ce principe est vrai, et je n'en connois pas de plus sacré. Et c'est un tel principe que M. Méhée invoque en faveur des assassins du Roi? Et en quel temps, j'en atteste Cléry, j'en atteste les murs de Versailles, des Tuileries et du Temple, quel mortel qu'on imagine a-t-il été aussi OPPRIMÉ que le fut dans les dernières années de sa vie, le vertueux Louis XVI; soit dans sa personne, soit dans celles de sa femme, de ses enfans, de ses sujets?.... Mais de quelle oppression, et de quels opprimés veut donc parler M. Méhée? On le sait, il est inutile de le dire. En vérité, il est bien affligeant d'imaginer que toutes les fois qu'on prononce le nom de Louis XVI, de la reine, de madame Elisabeth, du dauphin, et de l'infortuné duc d'Enghien, il y a des *individus* qui sont à la torture, que toutes les fois qu'on expose aux regards du public leurs augustes images, il y a des *individus* qui ne peuvent les fixer sans avoir aussitôt présent à leurs yeux le tableau déchirant du supplice affreux qu'ils leur firent subir?....

Le principe énoncé par M. Méhée, sera cause que je fixerai un moment sur moi-même l'attention du lecteur.

Depuis *dix-huit cent un*, époque de ma rentrée en France, ce principe n'a été aussi méconnu envers personne comme il l'a été à mon égard.... Mais ne nous livrons pas à la triste satisfaction de se venger en instrui-sant nos compatriotes de toutes les contra-dictions, de tous les chagrins que j'ai éprou-vés... On ne s'intéresse qu'aux grands person-nages, et l'histoire d'un particulier ne fixe l'attention publique qu'autant qu'il rallie les sentimens et les idées qui tiennent à l'opinion générale, et qui ont le plus de rapport aux affaires majeures de l'Etat.

Mais, par exemple, l'époque de ma vie dont je vais dire deux mots, n'étant pas étrangère aux reproches consignés *dans la dénonciation au Roi*, je ne sortirai nulle-ment de la réfutation que j'en ai entreprise, en m'y arrêtant un instant.

Sur le piédestal de la croix que j'ai fait élever il y a plusieurs années, sur la place

de la ville de Nant, on lit ces quatre inscriptions : Vous vaincrez par ce signe. — Elle
a sauvé le monde.... — Amour, respect et
fidélité. — Mourir pour elle c'est vivre
éternellement....

On dit que j'avois renfermé dans ce peu
de paroles un plan de contre-révolution......
Un jour on trouve sur le même piédestal le
buste de Buonaparte, ayant cet écriteau sur
la poitrine : *C'est à présent que l'insurrec-
tion est le plus saint des devoirs.* Personne
n'a vu placer le buste, personne ne reconnoît
l'écriture ; cependant la gendarmerie, la
justice, tout fut en l'air, tout se transporte
sur le lieu du prétendu délit ; on emporte
le buste de l'usurpateur, on le consigne
dans le greffe de Millau, et on croit que
je suis le coupable.... On ne m'en parla pas ;
mais on continua à exercer contre moi les
vexations auxquelles j'étois en butte depuis
si long-temps.... Il y avoit plus de deux ans
que j'avois élevé dans mon parterre un monument à Louis XVI (b), et à la mémoire de
M. le duc d'Enghien une urne de quatre pieds
de hauteur, bleu-de-ciel, semée de fleurs-de-
lis noires, élevée sur la base d'une colonne
placée à la cime d'une petite éminence cou-
verte de violettes et ombragée par des peu-

pliers et un saule pleureur. Pour cela seulement, trente gendarmes commandés par un
officier viennent investir ma maison , m'assiè-
gent dans ma retraite.... Je me rends..... et
alors sans jugment, par un simple ordre du
ministre de la police , on met le séquestre sur
tout ce que je possède , on s'empare de mes
papiers (*c*) , on m'attache sur mon cheval ,
un cavalier s'empare des rênes de la bride ,
un autre de celles du bridon , et. l'on me
conduit dans des cachots où je perdis presque la vue , où je pris des douleurs aiguës ,
où ma main gauche maigrissoit à vue d'œil ,
mon sang n'y circulant pas comme de cou-
tume; elle ne recevoit presque plus de nour-
riture. Heureusement , que les bains d'eau
de mer et la force de mon tempérament
m'ont entièrement délivré de cette infirmité.
Après que les satellites m'eurent arraché de
mes foyers , on renversa la statue de Louis
XVI, on lui coupa la tête : mais les habitans
secondant les soins du maire , et sur-tout du
vicomte de Fressinet, on parvint, en l'enter-
rant, à la soustraire aux ordres du ministre
de la police , qui enjoignoit de la détruire en
entier.

Le département de l'Aveyron se rappellera
toujours que pour avoir dit *dans une légi-*

time défense. . . . .

. . . .

. . . .

. . . .

. . . .

au Procureur-impérial : *Vous me permet-trez, Monsieur, de vous observer qu'il me semble qu'il y a de la partialité dans l'ana-lyse que vous avez faite des dépositions;* que sans me demander quelle étoit mon inten-tion, que sans ouïr des témoins, que sans plaider la cause ni dresser de procès-verbal, que je fus condamné à deux ans d'empri-sonnement. . . . .

. . . .

J'étois dans les prisons depuis près d'un mois, que j'ignorois ce qui s'étoit passé chez moi après mon départ. Ce fut un brigadier de la gendarmerie, nommé Oulric, brave homme, qui me l'apprit, croyant que j'en étois instruit (*). Il me demanda, étant tous les deux en voiture, entourée de gendarmes, ce que j'avois dit quand j'avois appris la nou-

---

(*) Cette anecdote est extraite d'un manuscrit de 1022 pages, ayant pour titre : *Le Cri de l'indignation,* ou Récit mêlé de réflexions, de l'an 1812, de M. d'Icher-Villefort.

velle de la mutilation de la statue de Louis
XVI ? — Que prétendez-vous dire, lui dis-je ?
— Quoi ! s'écria-t-il, vous ne le savez pas ?
— Non ; expliquez - vous ? — On l'a réellement détruite. — C'est impossible ! m'é-
criai-je , c'est une fausse nouvelle ; c'est
quelque jacobin qui la fait courir pour en
donner l'idée. Mais vous demandez ce que
j'aurois dit ? dites plutôt que n'aurois-je pas
dit, que n'aurois-je pas pu dire après un tel
acte de vandalisme, une telle violation des
lois et de tous les droits sacrés du citoyen ?...
J'eusse dit qu'il ne faut s'attendre qu'à des
injustices, qu'à des abominations ; que c'é-
toit le présage de nouveaux malheurs, un
augure des plus sinistres pour l'avenir de la
France, qui n'est affligée que parce qu'on a
voulu l'entacher d'un parricide que les larmes
de plusieurs générations et le sang même des
coupables ne sauroient effacer.

D'après ces réflexions , et mille autres que
je tais, il est bien évident que c'eût été un
nouveau crime, que c'eût été renouveler,
d'une manière infâme, le souvenir déplorable
du plus grand forfait de la révolution : quoique l'image du Roi ne soit qu'une pierre froide
et inanimée, la détruire, ce seroit un crime
punissable aux yeux de l'honneur, de la justice

et de la royauté. Ce seroit presque aussi coupable que lorsqu'on brisoit la croix de Jésus-Christ ; car on renouveloit par-là, en quelque sorte, le *déicide* des Juifs. Ce n'est pourtant qu'un monument de fer, de marbre ou de bois, travaillé pour l'adoration avec un vil instrument, comme la statue de Louis XVI l'est pour le respect... La royauté est un sacerdoce, et les sermens faits au nom d'un roi, n'ont de fin que dans l'éternité... L'historien peut dire les fautes d'un roi, sans pour cela lui manquer de respect.... Dire la vérité sur quelqu'un, c'est le rappeler à nos sens tel qu'il est, tel qu'il étoit ; et quel qu'il fût, et si puissant qu'il fût, on ne pèche pas faute de respect, si la satire et la malice ne mêlent pas leur fiel à l'encre de l'historien. Oui, briser avec méchanceté la statue de celui qui fut votre légitime maître, c'est doublement offenser Dieu. Non-seulement les François seroient en droit de se plaindre et de demander avec moi justice de ce délit ministériel, mais même les souverains s'ils étoient bien pénétrés des devoirs de la royauté, s'ils portoient toujours le sceptre à la hauteur de leurs destinées... Vous ne croirez pas, lui dis-je, que chez les Romains, dont on a si fort outragé la mémoire, en prétendant atteindre leur gloire par des forfaits, que deux citoyens fu-rent punis de mort, l'un pour avoir vendu avec son jardin la statue d'Auguste, et l'au-tre pour avoir battu un esclave qui avoit sur lui une monnoie où étoit la tête de Tibère ? Eh ! qui pourroit ne pas joindre sa voix à la mienne, si l'on est jaloux de ses droits, pour demander justice d'une violation aussi mani-feste de l'asyle du citoyen, que celle qui auroit été commise dans ma demeure, s'il étoit vrai que vos camarades n'y fussent entrés que pour mutiler la statue du bon Roi qui fut le père de la patrie, et qui est presque mort comme Dieu même, mort victime de son amour pour ses sujets? Ah ! M. Oulric, gardez-vous de croire à une pareille nouvelle, à une pareille abomination... Convenez, ajoutai-je, que les hommes sont bien inconséquens? Que leur his-toire est bien horrible? Ah ! s'il étoit possible de ne pas en être persuadé, j'ajouterois ici avec Mirabeau : « Voyez ces détestables tyrans de Rome, ces Octave, ces Tibère; voyez ces Gra-tien, ces Valentiniens, ces Arcadius, qui ne *gardoient l'empire que parce qu'ils le donnè-rent tous les jours;* voyez les efforts de *mettre entre eux et le peuple le rempart de la terreur;* voyez ces visirs insolens, les plus méprisables des hommes, après leurs maîtres, multiplier

le crime de lèze-majesté jusqu'à l'infini , l'é-
tendre à tout ce qui peut les inquiéter , les
gêner , leur déplaire , s'en servir au gré de
leurs défiances , de leurs haines , de leurs
caprices : l'un s'applique aux discours , l'autre au silence ; celui-ci a des signes , celui-là
a des songes ; quiconque ne vénérera pas l'his-
trion ou le gladiateur protégé par le prince ,
et ne l'applaudira point dans le cirque ; quiconque vendra des statues de l'empereur; quiconque les fondra , fussent- elles mutilées ;
quiconque châtiera un esclave , ou se désha-
billera devant cette image sacrée ; quiconque
portera dans les lieux où les besoins de la nature appellent , une pièce de monnoie ou une
pierre gravée , ornée de cette empreinte , sera
criminel de lèze-majesté.... (*) » Si Buonaparte étoit digne du trône , il eût pensé et agi
en roi ; non, jamais il n'eût donné l'ordre de
détruire la statue de Louis XVI ; il eût réfléchi , en homme profond , que César, en re-
levant les statues de Pompée , avoit affermi
les siennes.

Enfin , je croyois que cette nouvelle étoit
controuvée ; je m'imaginois qu'on ne la faisoit courir que pour en donner l'idée à un

____

(*) Lettres de cachet, tome I, p. 113.

gouvernement ombrageux et tyrannique ; je croyois que ce qu'on me disoit n'étoit que pour m'éprouver à cet égard, et qu'afin que je m'en plaignisse à mon arrivée à Rhodez. Imbu de cette idée, je jugeai qu'il étoit plus sage de se taire. Cependant dès que je vis ma mère et ma sœur, je n'eus rien de plus pressé à leur dire que de leur demander si la nouvelle qu'on m'avoit donnée étoit vraie. *Non, mon ami, cela n'est point,* me dit ma sœur ; *nous en aurions su quelque chose.....*

Dans le même moment, je reçus la lettre du 18 mai, de la vénérable marquise de M***, qui ne m'en disoit rien, et qui s'exprimoit ainsi : « Il me seroit impossible, mon cher
» Monsieur, de vous peindre l'impression
» vive et douloureuse que tous vos amis ont
» éprouvée en lisant votre lettre. Chacun de
» nous l'a arrosée des mêmes larmes, et
» éprouvoit une sorte de douceur en les mê-
» lant aux vôtres. O combien nous sommes
» reconnoissans que, dans un moment aussi
» triste, aussi déchirant, vous nous ayez
» prouvé votre amitié d'une manière si tou-
» chante ! et c'est au nom de cette même
» amitié que nous avons pour vous, que
» nous vous supplions de ne donner aucune

» prise à vos ennemis , qui attendent impa-
» tiemment que vous leur fournissiez le
» moyen de vous précipiter de malheur en
» malheur. Vous n'avez sûrement pas mé-
» rité le jugement barbare qu'on a prononcé
» contre vous à Millau ; mais quelques mots,
» dit-on , de votre mémoire ont servi de
» prétexte. Laissez parler votre défenseur ;
» bornez-vous au silence absolu ; nous vous
» en conjurons. Conservez cette attitude no-
» ble et patiente de l'innocence opprimée ,
» qui vous a réuni tous les cœurs et tous les
» suffrages lors de votre première séance à
» Millau. Ne. consternez pas , par quelque
» imprudence , des amis qui ne cesseront de
» partager les malheurs d'un ami que lors-
» qu'il sera rendu à la liberté et à la société
» dont il a si souvent fait l'agrément. Tou-
» tes nos dames , dont je suis l'interprète ,
» sont vivement affectées de vos malheurs.
» Si nous pouvons vous être bonnes à quel-
» que chose, nous nous disputerons ce plai-
» sir. Adieu, Monsieur ; puissent ces lignes
» parvenir à votre triste demeure , et vous
» faire éprouver une minute les consolations
» de l'amitié ! *Signé* le F.** de M.*** »

Jamais les consolations de l'amitié ne furent plus empoisonnées que dans le temps

6..

où un sort cruel me poursuivoit. A peine avoient-elles mis un peu de baume dans mon cœur, que de nouvelles vexations, de nouveaux malheurs venoient me plonger dans toute l'amertume de ma douleur.......

Un moment après que j'eus reçu diverses lettres de mes amis, que je ne crois pas devoir rapporter ici, j'eus la visite de M. *Bio de Marlavagne*, qui, croyant que j'étois instruit du crime affreux qu'on avoit commis dans ma maison, me dit, avec les expressions naturelles qui peignent la vérité du sentiment : *Croyez, mon cher Monsieur, que tous les honnêtes gens, en apprenant les détails de la destruction du monument que vous aviez élevé à Louis XVI, ont tous partagé votre affliction.....* Comment ! m'écriai-je, ce que l'on m'avoit dit est donc vrai ? Quoi ! on s'est permis de violer à ce point l'asyle d'un citoyen, d'un homme?.... et de souiller par une telle infamie le code de toutes les lois ?.... *Ah! pardonnez, Monsieur, me dit-il ; je ne croyois pas que vous ignorassiez cette nouvelle ; je m'en veux bien de vous en avoir parlé ; vous avez déja assez de peines sans vous en occasionner de nouvelles. Mais peut-être on m'a trompé, peut-être la nouvelle est fausse.....* Ah ! Monsieur, lui dis-je, elle n'est que trop vraie... A présent je n'en doute plus ; elle m'explique l'arbitraire affreux du séquestre mis sur ce qui m'appartient. On n'en est venu là que pour pouvoir détruire le monument que j'avois élevé au meilleur des Rois, à mon maître, avec tant de soins et de plaisir... Mon neveu entra dans ce moment ; il arrivoit de Nant : je n'eus rien de plus empressé que de le questionner sur ce que je venois d'apprendre avec certitude. *Oui, mon oncle*, me dit-il, *cela est vrai ; on a eu l'indignité de renverser la statue de Louis XVI ; mais cela s'est fait sans qu'il y ait rien eu d'endommagé. Mon père l'a fait mettre en lieu de sûreté, et soyez assuré que ce que je vous dis est vrai.* Une statue, lui dis-je, qui pèse plus de vingt quintaux, ne se manie pas à la hâte avec assez de facilité pour qu'on ait pu la descendre de sur son piédestal sans qu'elle n'ait éprouvé quelque dégradation. Aussitôt j'envoyai chercher M. de Bonal de Rhodez ; il me dit, *qu'il savoit depuis long-temps cette nouvelle, et qu'on avoit eu tort de m'en parler. — Comment ! m'écriai-je, pouvez-vous le penser ? — Oui, sans doute, je le pense, parce que cela vous fait de la peine, et que cela ne servira qu'à vous compromettre encore davantage. —* Quand ce

sont des choses de cette nature, repris-je, on
ne doit pas calculer si on afflige son ami ; on
doit considérer ce que le devoir commande ; et
vous ne disconviendrez point qu'ici il ne parlât,
il ne tonnât en ma faveur ? Quand c'est ainsi ,
que reste-t-il à faire , sinon qu'à lui obéir ? On
ne doit jamais laisser ignorer à un camarade ,
à un ami de telles abominations, rien de ce qui
intéresse sa délicatesse , son honneur, tout
son cœur, rien enfin de ce dont il doit demander justice en quel lieu , en quel temps qu'on
puisse être. Si, après cela, ce camarade ou
cet ami se compromet, il faut le plaindre et
non pas le blâmer.... Mais voici pourquoi je
vous ai fait prier de me venir voir : il faut
que vous me fassiez l'amitié d'aller vous-
même chez le préfet , et que vous demandiez
à voir l'ordre du ministre qu'il a reçu à ce
sujet.... Il y fut et revint me dire qu'il avoit
vu l'ordre , qu'il étoit positif ; qu'il enjoignoit au préfet , non-seulement, de faire détruire le monument érigé aux manes de
Louis XVI , mais même de faire mettre le
séquestre sur tout ce que possédoit M. d'Icher.

Pour lors je pris la plume, et sans réflexion
j'écrivis précipitamment au préfet les mêmes
paroles que voici à-peu-près :

Rhodez, le 10 juin 1812.

M ONSIEUR,

J'apprends à l'instant qu'on a donné des ordres pour faire ôter de dessus son piédestal la statue de Louis XVI. Non-seulement on a violé, par cet acte arbitraire et despotique, les droits imprescriptibles du citoyen et de l'homme, mais même on s'est rendu coupable d'un crime envers la souveraineté, dont je porterai plainte à celui qui a élevé des autels à toutes les dynasties ; et je ne crains pas d'ajouter que ce n'est qu'en rendant hommage aux manes outragés de mon Roi, qu'en vengeant sa mémoire, qu'il peut se faire pardonner d'occuper sa place sur le premier trône de l'univers.

Le préfet ne me fit point de réponse ; j'en fus peu surpris ; j'avois déja la mesure de sa politesse... J'écrivis aussi à *Marie-Louise* ; j'aurois mieux aimé mourir en prison que de faire à Buonaparte une réclamation qui me regardât. J'espérois qu'elle me répondroit, qu'en ma qualité *d'émigré* j'avois droit d'intéresser son ame ; ma lettre d'ailleurs en étoit susceptible par elle-même, nonobstant que mes principes, mon opinion, mon caractère y percent d'un bout à l'autre (*d*). Enfin, il faut passer bien des circonstances sous silence, pour ne pas ennuyer de ma cause mon lecteur ; et j'arrive à l'instant où je parus devant le tribunal de Rhodez, étant au milieu des gendarmes, dans les fers et devant un nombreux auditoire. Je franchis, je *dédaigne* les pages les plus intéressantes de mon mémoire, et je m'arrête à l'alinéa où je dis :

« Peu de temps après le Gouvernement, sans m'avoir entendu, mit ma personne dans les fers, et sous le séquestre tout mon bien, qui n'a rien de litigieux, et qu'on ne peut considérer que comme une miette tombée de la table de la fortune ; de cette aveugle marâtre qui dévore avec caprice ou rage le bonheur des uns, et comble de ses faveurs les iniquités des autres. »

« Que nos vaillans guerriers entassent conquêtes sur conquêtes ; que le nombre de leurs victoires fatigue leur mémoire ; qu'ils étendent chaque année par de nouvelles villes, ou provinces, ou royaumes, la domination de ma patrie, ce n'est point un François qui peut en être surpris, car on devroit pouvoir croire plus possible au Gouvernement d'envahir un empire, que de *détrôner*, pour ainsi dire, un citoyen françois, dont les foyers, les possessions sont garanties par les droits les plus saints, et entourées du boulevard indestructible *de la loi*.... Cependant vous venez de voir que sous le vain prétexte d'avoir rompu une surveillance que je croyois ne plus exister, que cela a donné lieu à un enchaînement de choses plus étranges, plus fâcheuses, plus horribles les unes que les autres. Non, jamais les coups du destin, jamais ceux de la malice ne furent plus en évidence contre moi, ni plus marqués au coin de l'arbitraire et du malheur, qu'ils ne le sont dans les circonstances atterrantes où je me trouve ; jamais le cœur humain n'eut plus à rougir de lui-même, puisqu'après plus de dix-neuf ans de réflexions et de remords, par un je ne sais quel reste de la fureur régicide, on a violé dans ma fidélité, dans mes plus nobles affections, des droits sacrés, en renversant la statue de Louis XVI, de ce bon Roi que la Nation pleure en larmes de sang.... Oui, un jour nos neveux lui élèveront des temples expiatoires où ils iront en foule implorer le Dieu de miséricorde, afin d'obtenir le pardon des barbaries qu'on lui fit souffrir. Ah ! qu'il m'est pénible de penser que c'est dans ma demeure qu'on a renouvelé les scènes exécrables du vandalisme, le spectacle affreux, à jamais maudit, du 21 janvier 93... Sans doute il m'est permis dans ce sanctuaire de la justice, de réclamer la protection de ses prêtres, de les instituer même mes avocats auprès du Gouvernement, et de déposer sur leur autel ma plainte portée à la puissante magistrature de l'Empire, de qui j'ose attendre une vengeance solennelle de la violation de ma demeure, de tous les droits, de toutes les lois, de tous les sentimens; et cela n'a été fait que pour me plonger dans la désolation la plus profonde ! crime inouï dans un temps de calme et de réflexion.... Oui, c'est sous l'égide de la loi que je me place en ce moment, pour demander à grands cris justice! justice! Quoi ! il ne seroit pas permis d'avoir dans son jardin, sur un piédestal, la même figure qui est suspendue aux murs de tous les salons ? et on pourra élever des monumens à Saturne, *à cet ogre parricide*, à une Vénus impudique, à un Jupiter imaginaire, à un *Mars exterminateur*, et il ne le sera point envers le monarque que la Nation proclama le *père du peuple*, et les Etats-Généraux *le restaurateur de la liberté*?..... Je comparoîtrois devant tous les Tribunaux, que par-tout je ferois entendre les accens de ma douleur, les expressions de ma trop juste réclamation. Mais peut-être en cet instant chacun se dit qu'il est bien imprudent de parler de la sorte ?...... O François ! cessez donc de le penser. La prudence n'est plus une vertu quand on ne peut être prudent qu'en cessant d'être François, d'être homme, pour ainsi dire ! et vous tous qui m'entendez, n'avez-vous point, ainsi que moi, votre opinion ? et la mienne n'est-elle pas épurée par la rectitude des principes et le feu sacré de l'honneur ? Que peut me reprocher le ministre de la police ? d'être fidèle, d'être dévoué au sang de Saint-Louis, d'Henri-le-Grand, du prodigieux Louis XIV ; au sang que vos pères ont servi avec tant de zèle, avec tant de courage, avec tant de gloire ; au sang qui faisoit fleurir la France et jouir les François ; au sang si pur et si sacré qui a coulé si injustement sur un échafaud, et qui *malgré lui-même* crie vengeance ! vengeance ! O si c'est là mon crime, il n'y a point de François plus criminel que moi ! Mais aurions-nous oublié qu'on ne peut contraindre la pensée, et, à plus forte raison, le sentiment ?..... »

Nous voici ramenés, on ne peut pas plus naturellement, par un trait historique, à l'ouvrage dont j'ai entrepris la réfutation.

§. VII. M. Méhée veut absolument que 5o mille communes de la France ayant trempé dans l'assassinat juridique de Louis XVI, il manquoit à son bonheur de flétrir d'un trait de plume tant de millions de François.....
Mais heureusement pour mes compatriotes, que l'univers sait que les conventionnels, qui étoient si altérés du sang du bon Roi, ne voulurent jamais consentir à l'appel au peuple, à cause de la certitude qu'ils avoient que le peuple l'eût sauvé... Cette seule observation détruit toutes les raisons de M. Méhée. D'ailleurs, pourquoi sans nécessité, prendre la défense des conventionnels ? Pourquoi devenir atroce calomniateur de ses concitoyens, n'ayant d'autre excuse, d'autre intention que d'épauler, car de justifier,...... est-il vraisemblable qu'on souhaite l'impossible? d'épauler, dis - je, les vrais coupables, que l'opinion poursuivra, accusera en tous lieux s'ils ne changent pas de nom, s'ils ne parviennent pas enfin à détourner d'eux-mêmes les regards écrasans du public....

Il est bien différent de se borner à déclamer, dans l'ivresse des boissons brûlantes qui portent le désordre dans les idées et la fureur dans les sentimens, ce qui étoit cause qu'on se livroit aux principes les plus exagérés, les plus séditieux, agités dans l'enceinte des clubs, ou bien d'être les moteurs libres de toutes choses, et de condamner à mort l'homme le plus juste, quand on pouvoit le sauver... Est-ce que M. Méhée croit que nous ne sachions pas que le peuple n'est presque jamais que ce que ceux qui gouvernent veulent qu'il soit ?...... Est-ce que quelqu'un ignore que les grands factieux ne cessoient de lui suggérer de se livrer à tous les *aboiemens* de l'humeur, de la vengeance, de la haine et de l'oisiveté ; à toutes les imprécations des halles et de la rage, afin de masquer l'horrible stoïcisme qui régnoit dans la convention ? Voltaire prophétisoit, et il ne le savoit pas, quoiqu'il eût travaillé toute sa vie pour qu'après sa mort nous *vissions un beau tapage*, quand sur sa lyre épique il faisoit entendre ces vers :

« O combien les François vont répandre des larmes,
» Quand sous la même tombe ils verront réunis,
» Et l'époux et la femme, et la mère et le fils ! »

Il n'est pas de doute que tous ceux, qui dans les villes *écrivoient dans le sens de la convention, qu'ils ne fussent en très-petit nombre ;* et quoique nous ne fussions pas en France à cette époque, nous pouvons affirmer que c'est la vérité, parce que nous nous en sommes assurés dans nos nombreux voyages, par les informations que nous avons prises. Aussi nous nous faisons un devoir, et il nous est cher sans doute, de dire que la très-grandissime partie des François se taisoit, gémissoit, se maintenoit dans un esprit de modération et de prudence; chez les uns c'étoit par égoïsme, chez les autres par vertu, devoir, réflexion, politique. Et dans l'esprit de tous les gens observateurs et impartiaux, il restera toujours démontré, je le redis, que la mort de Louis XVI n'est pas un crime national, comme dans son jacobinisme le sieur Méhée a pris à tâche de vouloir le persuader aux étrangers dont Paris abonde en ce moment... Il m'est impossible de reconnoître dans cette conduite le cœur d'un vrai François, ni celui d'un honnête homme.

La liste des régicides conventionnels est sous les yeux de tous les peuples, qui font remonter jusqu'à ces grands criminels les torrens de sang dont le sol européen a été arrosé depuis plus de vingt ans. Mais les noms de ceux dont parle M. Méhée, sont absolument inconnus.... Quoi! aujourd'hui, tout ne nous autorise-t-il pas à croire que le temps, que nos longs malheurs ont opéré quelque changement et dans leurs principes et dans leur

ame ? Dieu n'y auroit-il pas fait entendre sa
voix ? L'immortel évêque de Meaux, dans
son *Oraison funèbre de madame la duchesse*
d'Orléans, rend un éclatant hommage à la
miséricorde divine, quand il dit : « Si les lois
» de l'Etat s'opposent à son salut éternel,
» Dieu ébranlera tout l'Etat pour l'affranchir
» de ces lois. Il met les ames à ce prix ; il
» remue le ciel et la terre pour enfanter ses
» élus. » Ces mémorables paroles ne respirent
que l'espérance et les consolations, même
pour les plus fameux criminels. Et il n'appartenoit qu'au grand Bossuet de donner à Dieu,
dans notre esprit, un aussi sublime coup de
pinceau.... Ainsi c'est donc sans danger qu'on
peut faire retentir les temples et les églises
des vérités morales que les crimes de la révolution suggèrent et inspirent. Il est plus
que temps de s'emparer de l'opinion publique, de mettre en usage tous les moyens pour
élever une barrière insurmontable entre les
affreux principes de l'horrible passé, et les
espérances, les desirs, les remords, les bienfaits, les vertus du présent ; il est temps d'é-
loigner de nous, d'enfoncer pour ainsi dire
dans les siècles écoulés, par les foudres de
l'éloquence, de la pensée et du sentiment,
les scènes tragiques, les perfidies monstrueu-

ses, les sacrilèges inconcevables, les erreurs volontaires, les *calomnies ingénieuses* et toujours si atroces ! oui, il est temps enfin de sentir que nous sommes *François*, et que nous ne devons desirer que d'être vrais *chrétiens.....*

Oui, dans les mêmes communes dont parle M. Méhée, il est peu de sallons, d'appartemens où on ne conserve avec un respect religieux l'image de Louis XVI ; et je dirai, que les ouvrages si perfides, si coupables des séditieux que j'ai nommés, il faut ne les considérer que comme les signaux de notre devoir, que comme l'éveil de la conduite qu'il nous reste à tenir envers les augustes victimes dont on ne peut que déplorer la fin cruelle. Il faut que l'étranger qui parcourra notre patrie, reconnoisse et redise dans ses foyers, *qu'aussitôt que les François ont été rendus à la liberté, qu'ils ont pu disposer de leur cœur, que le sol fertile de la France s'est hérissé de monumens à Louis XVI.* Voilà ce que nous devons ambitionner ; voilà une gloire qui triomphera du temps, qui traversera les siècles futurs, et que nul ennemi n'empêchera de remonter jusqu'à Louis XVI lui-même, quand Dieu effacera l'univers.

§. VIII. L'innocent attaqué doit seul se dé-

fendre ; le coupable doit céder, doit se repentir, doit fixer la tombe entr'ouverte aux
pieds même du berceau, et courber un front
humilié sous le ciel vengeur dont il entend
éclater la foudre. Faut-il le répéter ? oui, il
le faut. Hé bien ! lors même que la guillotine
parricide n'étoit entourée que de baïonnet-
tes, nous ne voyons grouppés à cet exécrable
et désastreux échafaud, que les conventionnels qui entr'ouvrirent l'abyme régicide, qui
fit dire à un grand homme, à l'immortel poëte
de la scène angloise, qu'à l'endroit où il tom-
boit une tête de roi, il s'entr'ouvroit un abyme
où les générations alloient s'engloutir. Ainsi
c'est à tort que M. Méhée veut faire mettre en
défense une armée de parricides qui n'existe
que dans sa tête. Plutôt que de censurer la
conduite du Monarque, la plume devoit
tomber de ses doigts. Si, cédant à la force
de la vérité, il eût voulu faire ressortir à
nos yeux les avantages inséparables de Louis
XVIII, il se fût écrié, en empruntant l'expression du poëte Timothée :

« Plus qu'aucun autre Grec il doit être vanté,
» Puisqu'il vous rend l'honneur avec la liberté (*). »

M. Méhée a beau vouloir grossir le nombre

____

(*) Persée, tragédie.

des régicides , nous parler *d'armée*, *d'avant-garde*, il ne sait ce qu'il dit ; les François ont trop d'expérience pour ne pas apprécier à leur juste valeur les expressions séditieuses d'un homme sans patriotisme ni raison. Ah ! s'il croyoit nous donner à entendre que *le peuple nous déchireroit s'il entroit dans sa fureur*, nous pourrions bien lui répondre ce que répliqua Phocion à Démosthène, *et toi, s'il entre dans son bon sens.*

§. IX. Les réflexions de M. Méhée, relativement aux soldats prêts à rentrer chez eux, sont d'autant plus criminelles , qu'il n'est pas donné à l'homme d'empêcher que ce qui *est n'ait pas été....* Les conventionnels , il est vrai , ont des parens ; mais les fautes sont personnelles ; et cette vérité est gravée en traits ineffaçables sur les marches même du trône...

Je connois un peu l'art de se défendre, mais plus je réfléchis à la *Dénonciation au Roi*, moins je puis concevoir comment celui qui l'a faite pourroit se justifier, s'il étoit appelé devant un tribunal ; car il n'est pas douteux qu'il cherche à monter l'esprit de l'armée, en voulant l'identifier dans la cause infernale des régicides. Les militaires d'aujourd'hui n'auront rien à se reprocher, tant qu'ils resteront

fidèles à leur chef suprême, à notre bon Roi.
Le plus grand nombre des soldats et des officiers dont nos régimens sont composés, n'ont
pas même connu le Monarque paternel et
martyr dont nous parlons. Tous ont combattu
pour le *royaume*, pour la patrie, et c'est ce
que Louis-le-Desiré récompense et récom-
pensera comme souverain légitime, qui n'est
étranger à aucun des intérêts de ses sujets. Il
n'y avoit parmi eux qu'un homme de vraiment
criminel, c'étoit l'usurpateur, qui leur mon-
troit de la gloire où il n'y avoit que des fati-
gues, que des dangers, et que du mal à faire...
Aussi c'est avec autant de raison que de justice, que nous lui appliquerons, ainsi qu'au
sieur Méhée, et à tous ceux qui se sont rendus coupables envers la patrie, et qu'un juste
destin a proscrits des emplois, l'observation
d'Antipatre, qui disoit, parlant d'un illustre
Athénien, (*) *qu'il étoit comme une victime*

____

(*) L'orateur *Demades*, qui pour s'être mis à gouverner au gré des Macédoniens, avoit acquis un grand
crédit et une grande autorité dans Athènes, et qui à
cause de sa complaisance pour les étrangers, *avoit ac-*
coutumé de dire et d'écrire des choses qui n'étoient
pas dignes de sa ville, disoit, pour s'en excuser,
qu'il méritoit qu'on lui pardonnât, puisque désormais
il ne faisoit plus que gouverner les restes et les débris

que le feu avoit consommée, à laquelle il ne restoit plus que le VENTRE ET QUE LA LANGUE.

Oui , nos guerriers croyoient combattre pour la France , lors même qu'ils étoient à près de huit cents lieues d'elle. Aussi , nos vaillans soldats, en rentrant dans leurs foyers, ne trouveront que des parens chéris , et dans les murs de leur ville que des amis qui ne croyoient plus les revoir. Ils poseront avec délices le fer homicide suspendu à leur côté, pour ne conduire désormais que celui qui alimente la société , et qui est le seul qui puisse faire fleurir la France et rendre les peuples riches et heureux.

§. X. M. Méhée eût-il l'éloquence de Cicéron et de Démosthène , eût-il mérité le surnom de *Chrisostôme* , qu'il ne parviendroit pas à persuader aux François qui ont vieilli à l'école de l'adversité , que l'expérience a mûris, que le jour de l'équité éclaire , qu'il puisse y avoir en aucun temps , de circons-

---

de la république d'Athènes. Mais il n'appartenoit pas à Demades de prononcer ces paroles, lui de qui on devoit dire plutôt que de nul autre, qu'il étoit les restes honteux et le naufrage de sa patrie , puisqu'il étoit si perdu et si diffamé qu'il avoit donné sujet à Antipatre de dire ce que nous venons de citer.

tance, d'époque, de moment où un être pensant ait pu regarder comme honnête, les forfaits d'action et de discours, et comme dignes des préceptes de la justice, de la morale, des lois, d'une grande Nation, les massacres, l'assassinat, le parricide.

« *Il faut*, dit le même *individu*, parlant
» des ministres du Seigneur, que Dieu ait fait
» en leur faveur un miracle particulier ; car
» enfin on a trouvé moyen, non-seulement
» d'en fournir les églises, mais encore les
» ministères, les administrations, les bu-
» reaux, les agences et tous les postes où il
» y a de l'argent à gagner et des chefs de fa-
» mille à remplacer. »

Il n'est point surprenant qu'il y ait aujourd'hui en France beaucoup plus de prêtres qu'il n'y en avoit il y a quelques mois ; d'abord c'est que les séminaires en ont fourni, et qu'il en est rentré d'Angleterre... Nous observerons en outre qu'il y en avoit peut-être en France, qui voyant que *l'ordre* civil et religieux étoit basé sur l'iniquité, supportoient patiemment leur *incognito* de laïques, qui les mettoit à l'abri des cruelles persécutions de l'usurpateur. Avant d'être prêtre, on est sujet de son Roi : et d'après les plus saintes maximes, rien ne peut séparer les devoirs de sujet de ceux de prêtre, et de prêtre de ceux de sujet. Il n'est pas de politique, s'il est judicieusement sage, qui puisse nier cela ; aussi les ministres du Seigneur qui blessent les regards du sieur Méhée, se voyant repoussés *des autels entourés du parjure*, et par leur conscience, et par leur opinion ;..... *mais d'autres temps, d'autres soins...* Et ce qui prouve que ce n'est pas du moment où nous sommes que je pense de cette manière, c'est la réponse que je fis à une lettre qui me fut écrite à la suite d'une discussion sur le Pape, par un très-estimable Romain, prisonnier d'état au château d'If, ainsi que moi. Je vais la donner au public ; la vérité n'est en aucun temps dépourvue d'intérêt, quoique les circonstances où elle a été écrite ne soient plus les mêmes.

Il est également bien pitoyable d'entendre le sieur Méhée faire un reproche aux ministres, de ce que les acquéreurs des biens des émigrés n'ont pas l'ame tranquille sur la *légitimité* de telles possessions. (e) Est-ce que les ministres peuvent, dans le silence des nuits, empêcher que le remords ne se réveille au fond de leur cœur ? Est - ce qu'ils peuvent mettre des bornes à l'imagination frappée des hommes à qui tout dit :

« Que les Rois dans le ciel ont un juge sévère ,
» L'innocence un vengeur et l'orphelin un père ? »

Et sans sortir du chef-d'œuvre de l'esprit
humain , ne sommes-nous pas autorisés à nous
écrier d'une voix de tonnerre , en faisant nos
adieux à M. Méhée :

« Le sang de vos Rois crie et n'est point écouté ,
» Rompez , rompez tout pacte avec l'impiété.... »

Et je signe : Le Baron d'ICHER-VILLEFORT ,
par-tout fidèle : ancien Officier au Régiment de
Limosin en garnison en Corse... Mousquetaire à
Somtourbe, à Arlon, à Stenacken... Cavalier noble
à *Berstheim*, à *Selz*... Aide-Major à Bibrack ,
à Auberckanlack , à Munich , à Steinstat, Officier des Grenadiers de Bourbon à Dubno ,
à Constance, à Feistritz.... Victime au château
d'If... et aujourd'hui 26 octobre 1814 , il est logé
à Paris, *rue Neuve-des-Petits-Champs, hôtel
des Petits-Champs;* Président de la députation
de la ville de Nant, qui nonobstant qu'elle ait
accueilli la révolution, s'est empressée, s'est ho-
norée de manifester d'autres principes que ceux
de M. Méhée de la Touche, (*ancien chef de
division aux ministères de l'intérieur et de la
guerre*), en faisant demander au Roi la permission d'élever un monument à son auguste frère
Louis XVI, mort innocent et martyr.

NOTES

(*a*) Quoi ! ce Méhée est complice de la scène horrible, désastreuse, exécrable de l'église des Carmes, que tout le machiavélisme de la politique, et que toutes les ruses les plus spécieuses, les plus infernales de ce forfait ne sauront excuser en quel temps et sous quels hommes que Paris existe, et Méhée, tout couvert du sang des martyrs, sans cesse entouré des ombres plaintives qui l'accusent, ose faire entendre sa voix ? ose croire que la raison pourroit conserver dans sa bouche envenimée son ascendant et ses charmes ? Malheureux ! rentre en toi-même ; cours chercher un abri dans les antres des forêts, et fais-y pénitence, car tu n'es pas converti ; tu n'es qu'un Jacobin timide. Mais ne nous livrons pas davantage à notre indignation ; qu'il nous suffise de rapporter l'article qui le concerne, du 13 octobre du Journal des Débats.

« Il est juste de ne pas oublier ceux qni ne veulent
» pas qu'on les oublie. Quand un homme tel que
» M. Méhée ose publier aujourd'hui des libelles sous
» son nom, il est nécessaire de rappeler l'idée qui
» s'attache naturellement à ce nom : c'est le cas de
» juger l'écrit par l'auteur. On rappelle donc au public
» que M. Méhée fut secrétaire-greffier de cette muni-
» cipalité de septembre 1792 , qui fit exécuter d'horri-
» bles massacres dans toutes les prisons de Paris, et
» qu'en cette qualité il signa les deux ordrès suivans ,
» adressés aux assassins :

Au nom du peuple.

« Mes camarades,

» Il vous est ordonné de juger tous les prisonniers
» de l'Abbaye, sans distinction, à l'exception de
» l'abbé Lenfant, que vous mettrez dans un lieu
» sûr.

» A l'Hôtel-de-Ville, le 2 septembre.

» *Signé* PANIS, SERGENT, administrateurs.
» MÉHÉE, secrétaire-greffier. »

Au nom du peuple.

« Mes camarades,

» Il est enjoint de faire enlever les corps morts, de
» laver et nettoyer toutes les taches de sang, particu-
» lièrement dans les cours, chambres, escaliers de
» l'Abbaye. A cet effet, vous êtes autorisés à prendre
» des fossoyeurs, charretiers, ouvriers, etc.

» A l'Hôtel-de-Ville, le 4 septembre. »

» *Signé* SERGENT, PANIS, administrateurs.
» MÉHÉE, secrétaire-greffier. »

(*b*) Le jour de l'érection de la statue de Louis XVI,
M. le baron d'Icher comptoit réunir chez lui toutes les
personnes les plus marquantes des environs ; chacune
eût été invitée à porter des couplets ou une pièce de vers
en l'honneur du Monarque ; mais le refus que le curé de
la ville fit de faire un service solennel et de prononcer
une Oraison funèbre, fut cause qu'il se borna à donner
une simple fête aux personnes qui avoient travaillé au
monument.

LE BANQUET DES ARTISTES

Présidé par M. d'Icher.

Au bout d'une table de plus de vingt couverts, sur laquelle des guirlandes, des couronnes et les outils des artistes étoient suspendus, on voyoit *le modèle* de la statue de Louis XVI, sur un piédestal formé par des ouvrages *in-folio* des plus grands hommes de la France. Derrière la statue, étoit la belle gravure représentant ce Monarque et la famille d'un gentilhomme, intitulée : *Le Patriotisme François*. La statue, placée sous les rameaux d'un laurier rose, et entre les bustes en bronze de Sully et de Henri-le-Grand, étoit éclairée par un effet de lumière qui rappeloit celle d'un soleil couchant.

COUPLET

Adressé par M. d'Icher à M. Muzy, statuaire.

Sur l'Air : O Fontenay, qu'embellissent les Roses.

Honneur, honneur à l'Artiste modeste,
Qui vient de rendre à nos yeux attendris,
L'expression de la vertu céleste
Qui dans le ciel a couronné Louis.   *Bis.*

RÉPONSE DE M. MUZY.

Si je dois à mon art la gloire de vous plaire,
L'art me doit à son tour d'animer à vos yeux
L'image de Louis, de ce Roi débonnaire,
A qui nous devons tous des larmes et des vœux.

COUPLET D'UN AUTRE ARTISTE.

sur l'Air : Le connois-tu, ma chère Eléonore ?

Puis-je, grand Roi, célébrer ta mémoire,
Sans être ému d'une vive douleur ?
Mais tu nous dis, tout rayonnant de gloire,
Rien de mortel n'égale mon bonheur.

COUPLET PATOIS.

Chanté par celui qui a fait le faisceau du piédestal.

sur l'Air : Un jour lou paouré Hermito.

Soui bé sujet trop mincé,
Per qué posquo canta
Los vertux del grand Princé
Qué venes d'exalta :
Nés tout couvert de gloiro
De dins leternitat ;
Toujours dins ma mémoiro,
Son nom sero gravat.   *Bis.*

CHANSON D'UN AUTRE ARTISTE.

sur un Air connu.

Il ne faut pas s'attendre à trouver dans les couplets qu'on va lire, le mérite du style et de l'exacte versification ; mais on y en trouvera un plus rare et bien précieux, celui des bons sentimens et de la justesse des pensées.

D'un siècle méchant et trompeur
J'ose tracer l'histoire :

Le récit des plus grands malheurs
    Afflige ma mémoire.
Deux fléaux réunis à-la-fois ,
    Ruine de la France ,
Hélas ! si j'ose l'expliquer,
    La guerre et l'indigence.

Un des plus sages de nos Rois ,
    Eprouva la furie.
Faut-il que de barbares lois
    Lui enlèvent la vie ?
La mort auroit pu s'empêcher
    D'attaquer sa personne ;
Mais c'étoit pour lui procurer
    D'un Martyr la couronne.

Un Monarque si bienfaisant ,
    Un Roi si débonnaire ,
Nous traitant comme ses enfans ,
    Partageant nos misères ,
Son séjour étant dans les Cieux ,
    Abandonnant le monde ,
Il ne nous laisse dans ces lieux
    Que son buste et son ombre.

Dans un temps de calamité ,
    Implorons la clémence ,
De ce grand Dieu plein de bonté ;
    Qu'il bénisse la France :
Qu'il protège tous ses enfans ,
    Et qu'à jamais la terre
Anéantisse les méchans ,
    Ainsi que leur mémoire.

STANCES

Adressées aux François par M. d'Icher.

Sur l'Air : Te bien aimer, ô ma chère Zélie.

Sur le penchant d'un affreux précipice,
Louis disoit, parlant de ses sujets,
Je ne veux point qu'un seul François périsse
Pour ma querelle ou pour mes intérêts.

Pour alléger le fardeau de ses chaînes,
On lui disoit que vous l'aimiez toujours ;
Dès-lors son cœur, affranchi de ses peines,
Avec plaisir vous consacroit ses jours.

Pour ses sujets il eût donné sa vie ;
Il les aimoit en père vertueux :
Même en mourant, entouré d'infamie,
Il leur pardonne et fait des vœux pour eux.

De ce bon Roi, conservez la mémoire ;
Erigez-lui d'éternels monumens ;
Et des remords, resplendissans de gloire,
Substitueront des héros aux méchans.

Que ses bourreaux, tigres dans leur démence,
De leur aspect purgent tous ses Etats.
Déja le fer, vengeur de l'innocence,
Est dans les mains des plus vaillans soldats.

Que de forfaits ont souillé notre histoire !
Que de cyprès cueillis pour des lauriers !

Oui , tout soldat n'a des droits à la gloire ,
Que quand l'honneur enflamme les guerriers.

Du Roi-Martyr, voyant l'image auguste ,
Rappelez-vous qu'il fut, de son vivant ,
Par vous, François, nommé Louis-le-Juste ,
Et proclamé par-tout le Bienfaisant.

De nos aïeux admirons le courage ,
Quand pour Henri , la fleur des Chevaliers
Faisoit fleurir , dans les champs du carnage ,
L'orgueil françois , les lys et les lauriers.

Des novateurs l'extravagance extrême
Vous fit jadis violer toutes les lois ;
Sans réfléchir qu'on se trahit soi-même ,
En refusant ce qu'on doit à ses Rois.

On peut errer un moment dans la vie ;
Mais persister dans ses égaremens ,
C'est plus qu'erreur, c'est forfait, c'est folie ;
C'est abjurer l'honneur et ses sermens.

(c) Heureusement que prévoyant l'orage qui alloit
fondre sur moi, j'avois fait emporter une malle pleine
de manuscrits ou de lettres de diverses personnes, qui,
sous le secret de la poste et de l'amitié, épanchoient
dans notre correspondance un cœur loyal, royaliste, sensible et bon. Parmi tous les papiers que j'avois
laissés, on ne trouva de hardi que les couplets suivans ,
qu'un brave homme de Millau eut soin d'enlever, de
peur qu'ils n'appesantissent davantage sur ma tête les
bras des régicides et de l'usurpateur.

LES ACCENS DE MA DOULEUR.

A la Nation française, le jour de la Saint-Louis, 25 août 1811.

Sur l'Air de la Complainte de Bélisaire.

France ! j'entends tous les sanglots,
Et j'interprète ta pensée,
Quant à l'aspect de tous tes maux,
Je sens dans mon ame affligée,
Que pour hâter l'heureux instant
De tes plus hautes destinées,
J'affronterois d'un vil tyran
Les échafauds et les armées.

Tes plus grands Rois sont dans les cieux,
Et tu perdrois toute espérance ?
Par leur amour offres des vœux
A l'éternelle Providence ;
Et ranimant tes saints accords
Inspirés par la conscience,
Des vertus effacent tes torts,
Et tu rends grace à la clémence.

Le plus religieux des Rois,
Par ses bienfaits, par sa sagesse,
Par la justice de ses lois,
France ! il te prouvoit sa tendresse ;
Et des chagrins de ses sujets,
Se composant sa peine extrême,
Son sceptre ne pesa jamais,
Hélas ! grand Dieu, que sur lui-même.

Reviens, reviens de tes erreurs,
Et la vérité si puissante,
Seule, régénérant les cœurs,
Rendra la vertu triomphante.
Par la vertu le bon Louis
Acquit une force nouvelle ;
Et malgré ses grands ennemis
Rendit sa couronne immortelle.

(d) Copie exacte de la lettre de M. d'Icher-Villefort, à Marie-Louise d'Autriche, Impératrice des François.

MADAME,

Ce n'est point *sans efforts* que je me suis décidé à vous importuner peut-être, à oser élever la voix jusqu'à Votre Majesté. Etranger à l'usage autant qu'à la formule à laquelle se conforme celui qui a l'habitude d'écrire aux enfans des Césars, j'espère de vos vertus, que, si je m'en écarte, vous exigerez vous-même de Votre Majesté indulgence et pardon.

Oui, Madame, c'est avec un cœur indigné, désespéré, brisé, que je viens m'adresser à vous pour obtenir justice et vengance d'un outrage qui nous est commun, quelque étrange que cela paroisse ; mais n'est-ce pas le siècle des choses surprenantes et extraordinaires ? Ayant eu, en m'exilant pour la cause de l'autel et du trône, le noble orgueil de graver sur mes armes les grands noms *de Dieu et de Roi*, j'ai voulu, une fois rendu à mes foyers, au valon où tout sourioit au souvenir de mon enfance, honorer la ville de Nant de deux monumens dont le seul défaut étoit de ne pas être par une éclatante magnificence au niveau de mon zèle et de mon dévouement. Le premier existe encore , et en même temps qu'il atteste ma religion et ma foi, il est pour tous les hommes un signe de rédemption. Celui-là fut élevé sur la place publique, et l'autre fut dédié, dans mon parterre, à la France repentante, dans la statue de Louis XVI.

Votre Majesté pourra-t-elle croire, qu'après dix-neuf ans de réflexions et de remords , il se soit trouvé un de vos ministres qui ait été assez arbitraire, assez peu François, assez peu réfléchi , quoique son maître ait honoré l'histoire de sa vie d'un autel expiatoire dans l'église Royale de Saint-Denis , pour donner l'ordre de mettre le séquestre sur tout ce que je possédois , et de renverser et briser la statue du monarque proclamé par décrets nationaux, et sur-tout par la voix du peuple qui est celle de Dieu, *bienfaisant et restaurateur de la liberté?*

Excusez-moi , Madame , si je vous contriste ; mais mon cœur est trop François, trop chevalier, pour ne pas se rapprocher du vôtre avec respect en ce moment ; et s'il se trouble c'est en ressentant l'émotion qui vous agite et vous afflige ; mais le noble desir d'obtenir une prompte justice, une vengeance éclatante, me fait tout affronter et me donne le courage de poursuivre. Oui , Madame , on a été assez Vandale pour renouveler en quelque sorte, en effigie , le spectacle horrible du plus grand forfait que les hommes aient commis depuis le *déicide* des Juifs qui a sauvé le monde.

Traîné depuis trois mois de prison en prison, de tribunal en tribunal, comme un vil scélérat, on m'a laissé ignorer jusqu'à ce jour cet affreux délit, déshonorant et pour celui qui l'a ordonné, et pour ceux qui l'ont exécuté ; et c'est en ce moment que je ne saurois trouver ni assez de voix, ni assez d'expressions pour vous redemander justice ! justice ! Quoi ! il sera permis d'élever sur les places publiques, dans les promenades, dans les jardins, des statues qui révoltent la pudeur, déconcertent et alarment l'innocence et les graces, et on ose me faire un crime d'avoir érigé, dans le deuil profond de l'ame, et sur le seul coin de terre que je possède, un monument au plus sage des hommes, au plus religieux des Rois ; à celui à qui, par serment, moins encore peut-être que par dévouement et amour, j'avois consacré ma vie entière ! Ah ! si cela en étoit ainsi, je ne connois point de désert, de pays lointain, quelque barbare qu'il fût, que je ne préférasse au séjour de la France.

Ce que je viens d'avoir l'honneur d'exposer à Votre Majesté, vous aura paru si étonnant, si étrange, que vous croiriez peut-être que dans ce funèbre monument il y avoit quelque chose d'irrévérant, de repréhensible, si je ne vous en donnois une idée.

Au milieu d'un carré ouvert d'un seul côté, dessiné par des arbustes, des fleurs, des cyprès et des peupliers, étoit un bassin en forme de croix de Saint-Louis, ayant pour inscription : *La terre en porte le deuil;* ce qui convient également à la mort du Roi des Rois, et à celle du monarque paternel et martyr. De sur cette croix, s'élevoient huit consonnes composées de deux *L* chacune, dont l'une se prolongeoit vers la terre et l'autre vers le ciel, et les seize réunies ensemble formoient un piédestal d'un genre nouveau, puisqu'il figuroit un cœur

dans quelque sens et de quelque côté qu'on le regardât.
C'est là dessus qu'étoit placée la statue de Louis-le-
Bienfaisant, *représenté en costume royal*; l'expression
du visage étoit celle de la bonté, de la grandeur et du
bonheur indépendant des hommes. Le sceptre renversé
à ses pieds rappeloit l'état d'effervescence, de trouble
et d'anarchie où étoit la France à l'époque de sa mort,
et c'étoit en même temps une image de la France repentante. La pose de la figure étoit naturelle et majes-
tueuse ; le bras droit pendoit sans roideur le long du
corps, et la main gauche étoit posée horizontalement
au coude, sur un chapeau à l'Henri IV, enfoncé au-
dessus du tronc d'un palmier dont le pied étoit entouré
d'un serpent qui se mordoit la queue. Du même tronc
s'élevoit une branche dans toute sa vigueur, dont les
diverses feuilles s'inclinoient comme par attraction sur
la tête auguste du monarque, qui, du côté du cœur,
étoit tellement identifié, pour ainsi dire, avec l'arbre,
qu'il sembloit, dans le beau idéal, que lui-même alloit
être transformé en palmier. J'avois exigé de l'artiste
que l'arbre du martyr et de la gloire eût l'air, si je
puis m'exprimer de la sorte, d'aspirer Louis XVI. En
un mot, j'avois voulu qu'il fût représenté à l'instant où
la sève se confondoit avec le sang. Si l'on vous disoit,
Madame, qu'il y avoit sur le socle de la statue des
inscriptions imprudentes et hardies, on vous mentiroit:
il n'y avoit que celles des immortelles époques de la
naissance et de la mort du monarque. Cette dernière
étoit sur une urne en bas-relief, et consistoit en ces
quatre chiffres 1793, qui expriment bien plus que ne
pourroit le faire un gros volume.

Si, dans chaque ville, *on m'eût imité*, la France se
fût hérissée de monumens au Roi paternel et martyr,
et alors n'étant pas le seul à avoir suivi l'exemple consacré à Saint-Denis, aux mânes des Bourbons, l'honneur ainsi que la religion eussent rendu à la mémoire d'un
si bon maître un culte pieux dans son respect, dans ses
regrets, dans son fidèle amour ; alors les peuples voisins eussent dit, et le diroient encore, si mon idée et
mon vœu étoient applaudis à la source du pouvoir, et
que l'effet en fût glorieux, que le parricide du 21 janvier n'est que le crime de la démence de quelques for-
cenés régicides, et non celui de la Nation.

Voilà, Madame, quels furent mon espoir, mon motif,
et mon but.

D'Icher-Villefort.

De la prison de Millau, département de l'Aveyron,
28 juin 1812.

(*e*) Cette note est extraite d'un entretien patriotique
que j'eus avec un grand nombre d'officiers François.
C'étoit à la fin du mois de mars 1800 ; j'allois à Vienne
avec un de mes camarades ; voyageant par le Danube
nous fûmes contraints, par les affaires de notre bate-
lier, plus encore que par le temps, de nous arrêter à
Stein pour y passer les restes du jour et une partie de
la nuit. Arrivés à l'auberge, nous apprîmes que nous
étions voisins de plus de deux cents officiers François,
prisonniers de guerre. L'espoir de rencontrer parmi
eux quelqu'un de ma province, joint au desir de m'affranchir de l'ennui mortel d'une auberge, me fit aller
promener avec M. Tirion, à Krems, petite ville assez
jolie qui n'est qu'à une demi-lieue de Stein. Nous

n'étions pas encore à moitié chemin, que nous vîmes plusieurs prisonniers se promener ensemble. Dès qu'ils nous aperçurent ils dirigèrent leurs pas vers nous, et en nous abordant réciproquement, ils nous dirent : *C'est avec plaisir, Messieurs, que nous voyons que vous êtes François.* — Oui, Messieurs, leur répondis-je, nous le sommes, et je doute que vous en trouvassiez dans le cœur de la France qui le fussent autant que nous le sommes ici.... Il faut que vous l'ayez lu dans nos yeux, car je ne conçois pas qu'étant décorés d'un uniforme russe vous nous ayez reconnus. Je dois taire ce qu'ils me répondirent, parce qu'il n'est personne qui ne sache combien toute espèce d'amour-propre, et sur-tout celui qu'on reçoit de sa nation, est susceptible d'égarer le jugement des hommes, et particulièrement celui des François..... Enfin, passons sous silence toutes les questions qui furent agitées avec la légèreté qui caractérise les jeunes officiers.... la scène se passoit dans un réfectoire de moines, autour d'une longue table sur laquelle on avoit servi du fromage, du pain, du sel et du vin blanc. Quand nous en fûmes à la vente des biens des émigrés, je répondis à un capitaine de l'artillerie volante (que la raison, la vérité, ni la force de mes poumons ne pouvoient réduire au silence) Tout ce que j'ai, dites-vous, je l'ai acheté ; et de qui ? *De la Nation ?* — Est-ce que la Nation peut, sans blesser le droit des gens, disposer d'un bien qui est sous la sauve-garde de tous les principes de religion, de morale et d'honneur ? D'ailleurs, qu'appelez-vous la Nation ? Un rassemblement de brigands conjurés qui ne donnèrent pour un vil prix divers objets d'une usur-

pation totale, qu'afin de s'assurer de vos bras pour cimen-
ter du sang des propriétaires les édifices monstrueux qu'ils
ont élevés sur des débris sacrés à mesure qu'un doigt
invisible les renversoit tour-à-tour. En vérité, je souf-
frirois moins de vous entendre diré, qu'étant né pauvre
vous avez juré, dès vos plus jeunes ans, de vous en-
richir à quelque prix que ce pût être, et que cela vous
ayant été facile pendant le règne de la licence et de la
terreur, vous avez saisi cette occasion pour dépouiller,
assassiner vos concitoyens et vos frères, sans vous inquiéter des maux affreux qui pouvoient en résulter
pour votre patrie.... A ce langage infâme, je me serois
tû pour concentrer mon indignation; et en armant ma
main, vous n'eussiez aperçu que l'étonnement de voir
tant de franchise unie à tant de scélératesse.

Mais pourquoi, me dit-il, *tant de paroles, quand
je vous ai répété cent fois que j'étois inébranlable
et sans remords, et qu'à tout ce que vous diriez encore
je vous répéterois encore que la Nation peut tout, et
que ce qu'elle fait ne sauroit être injuste ?*

Outré par tant d'opiniâtreté, par tant de mauvaise-foi,
je m'approche de lui en disant : je ne puis plus y tenir;
hé bien ! plus de paroles !..... et en même temps je lui
arrache sa montre ; et en me retournant, je dis à mon
camarade : *Tenez, la voilà, je vous la vends......*
Comme il faisoit semblant de la prendre, le jacobin
poussé aussitôt par un sentiment naturel, tendit le
bras pour m'en empêcher...... Ce geste, lui dis-je, dé-
cide la question ; c'est un arrêt de condamnation que
vous avez rendu vous-même contre vous-même, et qui
ne peut être ni suspect, ni révocable : voilà mes der-
niers mots.

Il sourit malgré lui , et se tut.

Cette anecdote est extraite d'un dialogue fort long , que dans le temps j'envoyai à Son Altesse sérénissime Monseigneur le Prince de Condé.

A présent , il nous reste à faire observer que ce que je disois en 1800 , parlant du temps le plus affreux de l'histoire du monde , n'a aucun rapport au moment actuel; car la paix ne ressemble pas à la guerre , et l'iniquité n'est pas la justice.

F I N.